AF280268

Christian Bedor
Michael Liebusch

Bewegungsversuche

Erzählungen

Bibliografische Information Der Deutschen Bibliothek
Die Deutsche Bibliothek verzeichnet diese Publikation in der
Deutschen Nationalbibliografie; detaillierte bibliografische
Daten sind im Internet über http://dnb.ddb.de abrufbar
ISBN-13: 978-3-8370-4272-6

Umschlagbild: Edith Kaiser
Foto/Idee: Christian Bedor
Satz und Layout: Christian Bedor, Michael Liebusch
Herstellung und Verlag:
Books on Demand GmbH, Norderstedt

INHALT

Vorwort

Handy, Sushi, DSL: die Inflation von neuen Begriffen und Abkürzungen lässt viele Menschen kopflos zurück. Sie können aus dem Gleichgewicht geraten. Manchmal rempeln sie Mitmenschen auf dem Bürgersteig an.

Aus der alltäglichen Beschleunigung, Schnelligkeit und Hast, resultieren oft bizarre Folgen. Einfachste Bewegungen können deshalb große Herausforderungen sein. Ist Bewegung Weg und Ziel zugleich? Bewegungsstudien belegen, dass das Fortgehen ein Heimkommen bedeuten kann.

Die Autoren Christian Bedor und Michael Liebusch haben das Anliegen, ein eigenes Tempo des Erzählens zu finden.

Das Frankfurter Bankenviertel aus der Sicht einer Stubenfliege, Tennis-Satz-Dialoge in der U-Bahn, eine tödliche Bergwanderung zu einem Hochzeittagsgeschenk, der Weg des Schreibens als Erinnerung an ein nicht eingestandenes, grausames Verbrechen sind für die Autoren Leitmotive.

Christian Bedor sieht sich beim Erzählen als Chronist seiner (Frankfurter) Zeit. Michael Liebusch tritt als leiser Utopist auf, oft sind surreale Lösungen in seinen Erzählungen erkennbar.

In dieser Verbindung liegt der Reiz des Buches. Zwei unterschiedliche Herangehensweisen an das Thema Reise und Bewegung, die neue Perspektiven schaffen.

Christian Bedor

Gegenwart ist …

Liebe Leserin, lieber Leser,

wir befinden uns im Jahr 2005. Meine Name ist: Bernd Stopfnuss. Ich bin der Protagonist dieser Kurzgeschichte und älter als 40. Der Ort meines wohnhaften Lebens: Frankfurt. Eine Stadt in Hessen. Am Main gelegen. Der Main ist ein Fluss. Er schreibt sich mit »ai«, nicht, wie man meinen könnte, nach der seit Jahren schwelenden deutschen Rechtschreibreform mit »ei«. Das hätten manche gern. Man könnte folglich dann sagen, der »Mein« ist mein. Im Sinne von eigen. Also Eigentum. Demnach geschrieben und ausgesprochen: Meinmein. Nicht zu verwechseln mit moinmoin.

Wenn Sie, verehrte Buch-Gäste, jetzt nicht den tieferen Sinn dieser Worte verstanden haben, macht das nichts. Ich verstand ihn auch nicht. Aber ich wollte Sie bei Laune halten. Wie ein TV-Moderator, der dummes Zeug schwätzt, nur um etwas zu sagen. Vor der Kamera. Denn nichts ist schlimmer, als vor der Kamera zu stehen und stumm zu sein.

Der Main mit »ai« – also – ist in Hessen so groß, dass Frachtschiffe darauf fahren können. Aber auch kleinere Boote.

Frankfurt wird zur Zeit von Petra Roth regiert. Petra Roth gehört der CDU an und Frau Roth stellt sich als Oberbürgermeisterin im Jahr 2006 zur Wiederwahl.

Das ließ sie öffentlich verlautbaren. Es handelt sich hier nicht um CDU-Interna. Die zukünftige Gegenwart im Jahr 2006 sieht aus wie folgt: Kommunalwahl, Fußballweltmeisterschaft mit unparteiischen Schiedsrichtern, Bundestagswahl.

In Frankfurt gibt es derzeit circa 40.000 registrierte Arbeitslose – diese Zahl habe ich, Bernd Stopfnuss, in der *Frankfurter Neuen Presse* gelesen. Unlängst. Mir fällt seit Monaten auf, dass es immer mehr Rempler in Frankfurt gibt. Ob das mit der hohen Zahl der Arbeitslosen zu tun hat? Registrierte Arbeitslose und Rempler. Gehe ich in ein Geschäft, sagen wir mal, in einen *HL* im *Oeder Weg*, passiert es mindestens einmal, dass ich von einer Frau oder einem Mann einfach angerempelt werde. Das geschieht nicht aus Versehen, wie der normale Bürger denken möge. Nein, ich suche meine Lieblingsjoghurt im Kaltregal – worauf ich als Kunde ein Recht habe. Ja, für mich heißt das: Kaltregal und nicht anders.

Also, wir waren bei den Rempeleien am Kaltregal. Zack, werde ich von einer Kundin einen Viertelmeter nach links ‚gedrückt‘, dann schießt plötzlich und unverhofft rechts von mir eine Hand haarscharf an meinem Gesicht vorbei und greift nach dem Sahnebecher.
Dies alles geschieht ohne verbalen Austausch. Der moderne und zivilisierte Mensch der westeuropäischen Welt könnte denken, dass man höflich miteinander umgeht. Er könnte denken, vorher gefragt zu werden. Standardsätze sind: »Entschuldigen Sie bitte. Ich möchte gerne den Sahnebecher nehmen.« Und erst

nach Freigabe meiner Position vor dem Joghurtbecher-Sortiment kann dann die Kundin den Wunschsahnebecher aus dem Kaltregal greifen.

Gegenwärtig 45-jährige Frankfurterinnen und Frankfurter haben vor Jahren diese Formen des Umgangs gelernt. Die meisten Kinder und Jugendlichen, die am heutigen Tag um die zehn Jahre alt sind, lernten ein solches Verhalten nicht. Es ist geil, andere wegzurempeln. Gelernt haben junge Menschen dieses Verhalten vornehmlich auf Schulhöfen und in Klassenzimmern. Da geboten ihnen nur wenige Lehrer Einhalt. Und viele Eltern sahen immer wieder weg. Zu Hause, zum Beispiel.

‚Die zivile Gesellschaft wird schon als Erzieher auftreten', dachten manche Kinderhüter. ‚Oder die Militärgesellschaft'. Aber in deutschen Bundeswehrkasernen wird nicht nur gerempelt, sondern gleich gefoltert. Zur Stärkung der Truppe. Damit deutsche Soldaten im Krisenausland gestählt sind.

Jedoch, auch das moderne Fernsehen trägt zu einem solchen Rempelverhalten bei. Es ist cool, körperlich Grenzen zu überschreiten, stumm übergriffig zu werden. Denn in der modernen, zivilisierten, westeuropäischen Welt ist jeder Mitmensch auch nur ein hohlköpfiger Dünnbrettbohrer. Oder eine Dünnbrettbohrerin.

Es ist schick, den anderen mit Begriffen wie *Eier-Arsch*, *Blackmother-Fucker* oder *Rassist* zu titulieren.

Darüber hinaus ist es obercool, beim Sitzen die Füße unterm Hintern zu haben – mit Straßen-Schuhen daran. Im Café. Oder in der S-Bahn. Im ICE – auf dem Polster.

Erwachsene, die noch einen Blick für dieses Missverhalten haben, den Jugendlichen daraufhin ansprechen, bekommen zu hören: »Erstich' dich und lass dich anonym beerdigen, du Grufti!«

Viele Fernsehjournalistinnen und -journalisten greifen solche Themen gerne dann auf, wenn sie hoch gekocht sind und die Zuschauerzielgruppe groß genug ist. Diese Journalisten tun das aber nicht, um diese Themen kritisch zu beleuchten, sondern um Quote zu machen und Studiogäste sowie Zuschauer in Rage zu versetzen und eine Pseudodiskussion zu führen. Ändern tut sich dadurch nichts. Im Gegenteil. Das Fernsehen macht Mitkasse über Werbeeinnahmen und kann sich auf die Fahne schreiben: Auch unser Sender hat fernsehöffentlich darüber geredet.

Die meisten Fernsehjournalistinnen und –journalisten beziehen ja persönlich nicht Stellung. Oder wenn, dann nur vermeintlich persönlich. Meint: Wie es gerade zum Format der Sendung passt. Denn auch Journalistinnen und Journalisten wollen ihren Job beim TV behalten.

GEGENWART IST ...

Auf der *Zeil* gehe ich – Bernd Stopfnuss, Erzähler dieser Geschichte – zu *Saturn* und lasse mich beraten bezüglich eines Handykaufs. Der Verkäufer, der auf mein laut und deutlich artikuliertes »Guten Tag« keinen Tagesgruß erwidert, schnattert munter drauflos: »24-Monatsvertrag, supergeile Tarife, Superleicht-Gewicht in seiner Klasse, integrierte Farb-Kamera, superergonomisch geformt, Trendyfarbe, kiddieasy Menüführung, Superextrasonder-Handyfunktionen.« Weil ich anfangs nur zuhöre – allerdings so genannte Antworten erhalte, zu Fragen, die ich nie stellte – sagt der Verkäufer flink: »Dieses Handy habe ich selbst, privat. Es ist supergigageizgeilmäßig toll, liegt ultrascharf in der Hand – praktisch ein supergeiler, elektronischer Handschmeichler und ihre Freundinnen und Freunde werden Sie noch heute darum beneiden.« Während dieser Aussage greift sich der Verkäufer mit der linken Hand in den Schritt. Wahrscheinlich gehört dieser Griff im rechten Moment zur Firmenphilosophie von *Saturn*: Corporate Identity.

Als Kunde kann ich nicht nachprüfen, ob der Saturnverkäufer jetzt auch körperlich geil ist und privat exakt dieses Handy besitzt. Ich weiß, dass so genannte Trainer in Verkaufsseminaren den Teilnehmerinnen und Teilnehmern diesen Trick beibringen. Die Anweisung des Trainers lautet: »Sagen Sie dem Kunden recht früh im Verkaufsgespräch, dass Sie selbst das Produkt haben. Privat. Und fügen Sie hinzu, dass sie sehr zufrieden damit sind.«

Der Kunde kann solche Aussagen schlecht nachprüfen. Ausgebuffte Verkäufer haben ausgepackte Handys verschiedener Hersteller unter der Theke und zücken genau das gleiche als »mein Privates«, das sie dem Kunden demonstrieren.

In Verkaufsseminaren lernen Teilnehmerinnen und Teilnehmer auch, bei Kundenreklamationen erst mal zu sagen: »Über dieses Produkt hat sich noch niemand beschwert. Sie sind der Erste!«

Aber in dem Handy-Artikelkaufstadium bin ich ja noch nicht. Im Moment führt mir der Saturnmann das leuchtende Farb-Display vor. Dazu hören wir verschiedene Klänge aus dem Minilautsprecher. Der Verkäufer ist um die 20. Er gehört zu der Rempler-Zielgruppe, die bei dieser Geschichte eingangs genannt wurde. Vokabular: Die Welt ist geil und alle Vulkane darauf sind terramäßige Ejakulatoren. Ich solidarisiere mich spontan mit seiner Jugend und frage: »Klingeltöne? Schön und gut, aber wie kann man ultramegageile Ficktöne auf dieses Handy laden? – Von Angela Merkel über Laurenz Meyer bis Gina Wild! Machen Sie mir das gleich mal vor!«

Für eine 100stel Sekunde ist der Verkäufer konsterniert. Ich sehe es in seinem Gesicht. ‚Na, immerhin etwas‘, denke ich, ‚und ich dachte schon Geizgeilheit würde völlig abstumpfen – wenn man sie verkauft.‘

Aber mit Saturnverkäufern ist es wie mit Verkäufern in Pornoläden. Sie laufen nicht ständig mit einer Erektion herum, während sie das Produkt in der Hand halten.

Lassen Sie sich nicht verarschen, liebe Leserin und Leser dieser Geschichte! Schon gar nicht von Verkäuferinnen und Verkäufern in Technik-Bordellen wie *Saturn*. Oder *Media-Markt, Nordwestzentrum*.

»Ich brauche noch Bedenkzeit«, werfe ich dem Verkäufer eruptiv entgegen, »denn Sie hatten keine Antwort auf meine Frage mit den Ficktönen ...«

Wortlos gehe ich aus dem Gesprächskontakt. Diese Firma und sein Angestellter haben kein »Auf Wiedersehen« verdient.

Aber was sind Handy-Beratungsgespräche im Vergleich zu Naturkatastrophen?

Ich, Bernd Stopfnuss, sah zum Jahreswechsel und später die TV-Nachrichten über die Flutkatastrophe in Südostasien. Schon aus beruflichen Gründen. Denn ich bin Erdbebenstatistiker.
Bei manchen Sendern läuft unter den Bildern ein Nachrichtenband. Ich lese immer wieder parallel dazu mit. Durch drei Pluszeichen werden die Nachrichten-Themen-Bereiche getrennt. Die drei Pluszeichen suggerieren mir, dass die Katastrophe noch verdreifacht wird. Wie bei dem Handy-Provider *E-PLUS*. Plus heißt mehr. Katastrophe PLUS. So wie Leben PLUS. Ist ihr Leben auch plus? Prima lästern und sterben.

In den Nächten, in denen Bilder toter Körper aus Südostasien live übertragen werden, sendet das *Deutsche Sportfernsehen* lebendige Frauen, die stripteasen – vor Eishockeytoren, auf Billardtischen, vor Sportflugzeugen – und sich immer wieder in den Schritt greifen – nachdem sie alle Kleidungsstücke abgelegt haben und ihre Beine grätschten. Das geht bis morgens 6:00 Uhr. Dann sendet das *D:SF* Katastrophenmeldungen wie: »Am 3. Januar 2005 offiziell 64 tote deutsche Touristen bestätigt. Mehr als 1.000 werden zu diesem Zeitpunkt vermisst.« Ich denke: »Die Toten und die lebenden Nackten.«

Mehr und mehr werden sogenannte Amateur-Video-Filme gesendet, die die hereinbrechende Flut zeigen. Manche Profi- und Amateur-Filmsequenzen zig Mal am Tag – und in der Nacht. Immer wieder dasselbe. Die Bewohner Deutschlands werden von dem Bilder- und Wortgerümpel, das katastrophenartig über die Bildschirme in die Wohnzimmer schwappt, wie Messies zugemüllt.

Anschließend erneut Bilder eines deutschen Profi-Kamerateams. Unter anderem wird ein deutscher Urlauber interviewt. Er wird auf einer Trage transportiert – von einem Hospital zu einem deutschen Sanitätswagen –, das Kamerateam läuft neben ihm her, stellt schnell Fragen, wartet hechelnd auf Antworten. Der circa 50-jährige Tourist sagt mit schmerzverzerrtem Gesicht, dass sein Bein stark verletzt sei. Er habe eine offene Wunde, die immer wieder gespült werden müsse. Ein hessischer Patient. Er sei heilfroh, bald in Deutschland zu sein.

Andere – noch lebende – Patienten lassen sich nicht einfach interviewen. Das sagt der Kommentator.

Pech für das Kamerateam.

Sollte ich, Bernd Stopfnuss, mal ein überlebendes Katastrophenopfer werden, möchte ich keine Interviews geben.

Journalisten sind in Südostasien wie Geier. Manchem Flutopfer halten sie hundert Euro-Scheine hin, damit es in die Kamera spricht. Der Gewinn des Senders ist ein Vielfaches. Schon allein wegen der Schaltung der Werbeblöcke. Die Sensationsgier der Zuschauer ist ohne Grenzen. So ist das: Des einen Leid, des anderen Geld'.

Leben Sie wohl, liebe Leserin, lieber Leser. Und leben Sie Ihre ganz persönliche Gegenwart.

Michael Liebusch

Der handbemalte Teller

Anton Markus Wiedener legte seinen handbemalten Teller ins Gras, um seine Notdurft zu verrichten. Weit draußen in den Wäldern. Einige Minuten später überkam ihn heftige Hitze. Er ruhte eine Weile unter einem Baum. Seinen braunen Mantel hängte er an einen starken Ast. Ein schweißgetränktes Taschentuch, das seine empfindliche Glatze vor der Sonne schützte, wusch er in einem kühlen Gebirgsbach und vergaß es auf einem Stein, wo es trocknen sollte.

Anton Markus Wiedener traf der Sonnenstich. Im Taumel legte er sich in einen Futtertrog, den der Förster für das Wild eingerichtet hatte.

Viele Stunden waren vergangen. Als eine Frau sich bei der Polizei meldete, ihr sei ihr Mann nicht wieder gekehrt, der ein gutes Versprechen der Wiederkehr geleistet habe, nicht ohne Geschenk der besonderen Art zum Hochzeitstag. Deshalb sei er in die Wälder ausgezogen und über die Berge, um ihr höchstwahrscheinlich – so die Frau – einen wertvollen Ring zu kaufen. Die Frau befürchtete einen grausamen Überfall, ein Einklemmen in der Schlucht, Bewusstlosigkeit oder sogar den Tod ihres langjährigen Ehemanns.

Gleich am anderen Tag durchkämmten zwei Polizisten, aus denen die Ortspolizei bestand, Land, Felder, Wälder und Berge.

Zuerst fanden sie das Taschentuch auf dem Stein mit den Initialen A.M.W. und legten es in einen hölzernen Beweisaufnahmebehälter. Einen mächtigen Schreck bekamen sie beim Anblick des Mantels im Baum.

»Gott. Da hängt er!«, mutmaßte der eine Polizist, der seine Dienstmütze auf dem Revier liegen lassen hatte. Vorsichtig näherten sie sich.

»Gott, es ist nur der Mantel!«, entgegnete der andere und legte das Kleidungsstück über seine Schulter.

»Aber es liegt etwas in der Luft, irgendwo muss er hier sein!«

Die Polizisten waren längst am Futtertrog der Wildtiere vorbeigegangen, in dem Anton Markus Wiedener seinem Sonnenstich völlig erlag und standen nun angewidert vor dem Haufen der Notdurft, die Anton Markus Wiedener geleistet hatte. »Ob es wohl seiner ist?«, fragte der mützenlose Polizist seinen Kollegen.

»Das weiß nur Gott!«, antwortete der andere. »Aber es sieht so aus!«

Der mützenlose Polizist bückte sich dienstbeflissen, nahm den handbemalten Teller vorsichtig aus dem Gras und öffnete den hölzernen Beweisaufnahmebehälter, um das Stück hineinzulegen. Dabei sah er seinen Kollegen fragend an, runzelte die Stirn und sagte:

»Sieh mal, ein handbemalter Teller mit einem *Grüß Gott* drauf!«

Der Jäger näherte sich mit seiner Flinte dem Futterplatz. Er traute seinen Augen nicht. War das nicht das tollwütige Wildschwein, das da in dem Futtertrog vor sich hin grunzte? Der Jäger schoss zwei mal.

Nicht mit leeren Händen, sondern mit einem Taschentuch, einem Mantel und einem handbemalten *Grüß Gott*-Teller als Beweisstücke kehrten die Polizisten zurück, aber nicht mit Anton Markus Wiedener.
Die Polizisten stellten anhand der Beweisstücke der besorgten Ehefrau den etwaigen Verlauf des wahrscheinlichen Verbrechens dar.

Als sie den handbemalten Teller zeigten, Anton Markus Wieseners gekauftes Hochzeitsgeschenk, weinte die Ehefrau bitterlich und wimmerte:

»Jetzt bin ich mir sicher, er ist tot. Man hat ihn schändlich und hinterrücks beraubt und umgebracht!«

Das konnte der Förster später nur bestätigen.

Michael Liebusch

Hubs Reise nach Ägypten

Hub macht eine Reise nach Ägypten mit einer Billigfluggesellschaft.

Das Fliegen in geschlossenen Räumen ist ihm nicht geheuer. Und warum muss man mit so vielen Menschen eng aneinander sitzen? Es ist doch unglaublich!

Hubs Sitznachbar hat große Angst. Hub befürchtet, das Flugzeug könne deshalb abstürzen.

Hub erzählt seinem Nachbarn zur Beruhigung, wie schön es auf seiner einsamen Insel ist, auf der er aufwuchs, und fragt, ob Ägypten auch eine Insel sei.

»Wie?«, fragt sein Nachbar mit dem papierweißen Gesicht.

»Da unten ist sie ja!«, brüllt Hub ihm erfreut ins Ohr.

»Wie? Ägypten?«, fragt der Nachbar irritiert.

»Nein! Meine Insel! Juhu!«, ruft Hub, lehnt sich über ihn und lugt mit ihm durch das kleine Fenster.

Genervt schaut der Nachbar auf das Häufchen Land inmitten des Meeres herunter, dann fragend in Hubs Augen.

»Ich bin schon gespannt auf die so genannten Pyramiden!«, sagt Hub voller Entdeckerlaune.
»Vor allem, wie sie aussehen!«, ergänzt er.

Als Hub vor den Pyramiden steht, ist er völlig platt. Wie spitz sie sind. Das Mysterium Pyramide begeistert ihn wie die Touristen um ihn herum. Noch mehr interessiert sich Hub für den Negativraum um die Pyramiden herum, all den freien Raum, abzüglich der Pyramiden.

Das Negativ, in dem Hub und die anderen sind, besteht im Moment aus lauter luftgefüllter Leere ohne sichtbare Bedeutung. Doch die Wahrheit ist diese, denkt Hub: Die meisten Ägypter damals lebten in diesem Raum außerhalb der Pyramiden und die Pharaonen wurden zur Strafe auf Ewigkeit in einem in Stein gemauerten Abdruck eines spitzförmigen Raumes verbannt. Wahrscheinlich, weil sie so machtgierig waren.

Hub unternimmt noch eine Nilfahrt, die sehr schön ist. Von beiden Seiten des Ufers wird das Schiff von Unbekannten beschossen. Einige Kugeln fliegen sogar durch Hubs Magenbereich. Hub freut sich über diese Begrüßung, wenn sie auch etwas scharf ausfällt und winkt den Unbekannten freundlich zurück.

Insgesamt findet Hub, wenn er richtig nachdenkt, die Existenz von Materie problematisch, ja sogar gefährlich, insbesondere welchen Schaden man damit anrichten kann. War doch der Negativraum um die Kugeln herum weitaus friedlicher.

Ägypten ist für Hub eine große Sache. Die Rückflug in geschlossenen Räumen kommt für ihn aber nicht mehr in Frage.

Christian Bedor

Rückblende 2005

Herr Karsten Sippelhagen, mittlerweile 51, wohnhaft in Frankfurt/Main, Diesterwegstraße 5 und seit mehreren Jahren bei der *Deutsche Rentenversicherung Hessen* tätig, stand am Fenster seines Wohnzimmers im 2. Stock und schaute hinaus. An einem Januar-Sonntag 2006. Um 10:12 Uhr.

‚Das war ein ereignisreiches Jahr 2005. Versicherungstechnisch betrachtet', ging es ihm durch den Kopf, während auf dem Trottoir ein paar schlechtgekleidete Alt-Rentner mit Tragetaschen standen.

»2005 begleiteten mich berufsbedingt der Tsunami in Südostasien, die London-Terror-Attentate, der US-Hurrikan *Katrina*; zusammengerechnet kamen zig Tausende Menschen ums Leben,« katalogisierte Sippelhagen. – Der Sachsenhäuser hatte sich das Selbstgespräch angewöhnt, als bejahrter Single. Dann hörte er wenigstens direkt-live eine Stimme, wenn er allein war.

Die Alt-Rentner auf dem Bürgersteig wühlten inzwischen in den grauen, städtischen Papierkörben, die an den Laternen hingen. Eine Kollektiv-Suche nach brauchbaren Lebensmitteln. »Was ist aus Frankfurt geworden?«, stieß Sippelhagen aus, »Glasfassaden-Banken, ein supermodernes Cabriolet-Stadion ... und aus City-Papierkörben kostenfreies Müll-Food für soziale Absteiger.«

Wer zuerst kommt, mahlt zuerst. Selbst an öffentlichen, städtischen Abfallbehältern herrscht inzwischen Konkurrenzdruck. Sah Sippelhagen vor wenigen Jahren vereinzelt Menschen verstohlen darin buddeln, treten mittlerweile schamhaft Gruppen ins Straßen-Bild, die sich später die Beute teilen müssen.

Die Unbrauchbaren der Pariser Vororte, die im Oktober 2005 damit begannen, auf brutale Weise auf sich aufmerksam zu machen, steckten unter anderem Müllcontainer in Brand. Der Schluss liegt nahe, dass auch Essbares verbrannte. Paris ist 570 Kilometer von Frankfurt entfernt. Aber dadurch, dass hauptsächlich TV-Sender destruktive Nachrichten 24 Stunden lang um die Welt schießen, rückt Paris nach Frankfurt-Sachsenhausen. Als Vorort.

Sippelhagen schaute auf seine Armbanduhr. 10:14 Uhr. Wieder waren 120 Sekunden seines Lebens verstrichen. Er nahm ein totes Pflanzenblatt in die linke Hand, das auf der Fensterbank gelegen hatte.

Dann stellte er sich selbst Fragen:

»Wo würde ich, Karsten Sippelhagen, mich befinden? An einem Januar-Sonntag 2007? Um 10:12 Uhr? Wäre ich arbeitslos, aufgrund der Globalisierung? Obdachlos? Würde ich – schlecht gekleidet wie die Alt-Rentner – in grauen, städtischen Papierkörben nach Testlebensmitteln suchen? Wäre ich ein Gewaltopfer von randalierenden Jugendlichen?«

Michael Liebusch

Die Zigarrenkiste

Konrad Bolz hatte eine Lieblingsgeschichte: die aus seiner Kindheit, von den zwei Rumkugeln in der Zigarrenkiste seines Vaters.

Immer, wenn der kleine Konrad abends vor dem Schlafengehen aus der Zigarrenkiste eine von den zwei Rumkugeln aß, die Kiste dann mit der übrig gebliebenen Kugel unter seinem Bett versteckte, waren am anderen Morgen wieder zwei Rumkugeln darin.

Der kleine Konrad empfand das geheimnisvoll und sehr vorteilhaft. Niemandem, noch nicht einmal seinem Vater, erzählte er davon. Der Junge befürchtete, der Zauber könnte durch die Öffentlichwerdung aufhören und die liebsame Dauerversorgung von Rumkugeln für immer abbrechen.

Im Erwachsenenalter erzählte Konrad Bolz gerne seine Lieblingsgeschichte. Seine Freunde kannten sie schon zur Genüge. Verlor sein Freund Karl seine Uhr, seine Kollegin Susanne ihre Arbeit oder litt sein Bekannter Markus an krankhaftem Geiz: die Lieblingsgeschichte von Konrad Bolz, die allumfassende *Aus-Eins-Mach-Zwei-Geschichte*, sollte als Sinnbild in deren Leben helfend eingreifen.

Nun kam es, dass Konrad Bolz' Frau, Annabelle Bolz, dieser handlichen Lebensphilosophie und anderer Eigentümlichkeiten ihres Mannes, wie des Schnarchens, ohne zu schlafen, überdrüssig wurde. Sie verließ ihn über Nacht.

Aufgrund dessen verlor Konrad Bolz das behagliche Gefühl, dass seine Lieblingsgeschichte mit der gewohnten Dankbarkeit aufgenommen wurde. Die Zweiwerdung aus Einem war für ihn zu einem schönen Sinnbild der Hoffnung und Zuversicht geworden.

Seine Lieblingsgeschichte hörte sich verbraucht an. Konrad Bolz dachte darüber nach, sie zu reformieren, aus Rumkugeln wie in Märchen Goldklumpen zu machen. Und aus der Zigarrenkiste eine Schatztruhe. Aber dafür schien es zu spät.

Konrad Bolz suchte eine neue Frau, die seine Lieblingsgeschichte dankbar annehmen sollte. Doch er traf nur auf Frauen, die die ungeheuerliche Behauptung aufstellten, sein Vater sei der Urheber der wundersamen Rumkugelvermehrung.

Konrad Bolz war darüber so verärgert, dass er lange Zeit allein blieb. Damit er in den magischen Kreislauf eintreten konnte, aß er wieder wie in seiner Kindheit jeden Abend aus seiner Zigarrenkiste von zwei Rumkugeln eine und versteckte die Kiste mit der übrig gebliebenen Kugel unter seinem Bett.

Doch gegen seine Hoffnung kullerte jeden Morgen nur eine Rumkugel verloren in der Zigarrenkiste herum. Jeden Morgen musste er von eigener Hand eine Kugel aus seinem Vorrat dazu legen, damit es zwei wurden. Konrad Bolz konnte nicht seiner Arbeit nachgehen, hatte keinen Geschmack am Essen und blieb stumm.

An einem Sonntag endlich ging er aus, bedeckte seinen Kopf mit dem großen Hut seines Vaters, entzündete eine Zigarre und wartete auf eines seiner vertrauten Gefühle aus den Kindertagen.

Mit Hut und Zigarre stolzierte er die Straße auf und ab. Ein bestimmtes Ziel hatte er nicht. Bis ein Regenschauer seinen Hut weich wie Pappe werden ließ und die Zigarrenglut so stark eindämmte, dass er das hiesige Café aufsuchen musste, wo er befürchtete, solchen Bekannten zu begegnen, die seine Geschichte schändlich verschmäht oder verunglimpft hatten.

Ein Platz war noch frei neben einer Dame mittleren Alters. Sie kamen ins Gespräch und Konrad Bolz hob schon an, seine Geschichte zu erzählen. Doch er wollte seinen Trumpf nicht vorzeitig ausspielen.

Während die Dame allerlei Geschichten aus ihrem Leben erzählte, denen er nur beiläufig lauschte, stellte sich Konrad Bolz vor, ihren Redeschwall zu unterbrechen, um seine viel wichtigere Geschichte zu erzählen. Die Dame würde die magische Zweiwerdung aus

Einem als Anlass und Zeichen für eine stabile Partnerschaft mit ihm ansehen.

Die beiden kamen im Gespräch nicht recht zueinander, doch ihre Körper näherten sich auf zufriedene Weise zur späteren Zeit in Konrad Bolz' Bett, was er wirklich nicht für möglich gehalten hatte.

Heimlich, als seine liebsame Begegnung sich im Bad aufhielt, belohnte sich Konrad Bolz für seine mutigen Schritte ins Leben mit einer Rumkugel aus der Zigarrenkiste und ließ wie immer eine Kugel zurück. Er versteckte die Kiste wie gewohnt unter dem Bett.

Während der gemeinsamen Nachtruhe stand die Dame auf, um erneut ins Bad zu gehen. Beim Zurückkommen trat sie aus Versehen mit dem Fuß auf die Zigarrenkiste unter dem Bett, die sie neugierig aufhob, um hineinzuschauen. Für eine süße Erfrischung bereit und mit Heißhunger verzehrte sie die eine und letzte Rumkugel aus der Zigarrenkiste. Dann empfand sie es als ungehörig, das Versteck des Schlafenden entdeckt und ausgeplündert zu haben.

In der Küche fand sie hinten im Küchenschrank ein großes Glas mit Rumkugeln. Sie nahm zwei Kugeln heraus und legte sie in die Zigarrenkiste. Die zweite Kugel sollte als Entschädigung für die Gegessene dienen. Dann begab sie sich wieder ins Bett.

Konrad Bolz hatte die Nacht von den Zigarren seines Vaters geträumt und wachte mit dieser Frau an seiner Seite auf. Er wusste nicht mehr, was nach einer solchen Nacht zu tun war. Sie schlief noch fest.

Ratsam erschien ihm, nach seiner Zigarrenkiste unter seinem Bett zu schauen, ob die aus der Kindheit vertraute magische Zweiwerdung aus Einem wieder wirkte.

Er öffnete die Zigarrenkiste und sah mit großer Freude zwei Rumkugeln rumkugeln.

Konrad Bolz war glücklich. Sein Leben hatte einen weiten Bogen geschlagen.

Niemandem erzählte er von der Geschichte mit der Frau und den Rumkugeln, der geheimnisvollen Zweiwerdung aus Einem, denn er wusste, das war der Zauber des Lebens.

Christian Bedor

Schreiben mit Licht = Fotographie

Am Montagmorgen, 10. Dezember 2007, bestieg Karsten Sippelhagen um 7:30 Uhr die U 1 Richtung Frankfurt-Ginnheim an der Hauptwache. Der Sachsenhäuser hatte sich am Sonntag ins Hotel *Am Dom*, Kannengießergasse 3, 60311 Frankfurt einquartiert. Der Angestellte liebte es, Hotelzimmer in seiner Stadt zu bewohnen. Das tat er jeden zweiten Monat. Immer an geraden Monaten, niemals an ungeraden. Und nie länger als eine Nacht.

Allein.

Es handelt sich hier nicht um eine Porno-Sado-Maso-Geschichte in der Nähe des Frankfurter Gotteshauses. Um gleich Ihnen, den Leserinnen und Lesern dieser Geschichte, einen kleinen, aber wichtigen Lichtblick zu verschaffen. Immerhin werden nicht nur Irak-Terroristen und russische Polonium-Geheimagenten *profilt*, sondern neben Konsumenten, Lehrerinnen und Taxifahrern inzwischen auch Protagonisten von verfassten Kurzgeschichten. Und eine realisierte Porno-Sado-Maso-Geschichte mit schwarzer Peitsche, in der Nähe einer wichtigen Mainmetropolen-Kirche spielend, vorgelesen im *Kunstraum Liebusch*, 60487 Frankfurt-Bockenheim, während der Vorweihnachtszeit, kann durchaus in eine Profiling-Mühle geraten. Aufgrund der Vorverdachtsmomente.

»Nächste Station: Eschenheimer Tor, Ausstieg rechts«.

Fragen an Herrn Sippelhagen könnten sein: Ist das Ihr Hobby, sich ohne SM-Gedanken in einem Hotel Ihrer Wohnstadt einzuquartieren? Wenn Ja, warum ist es Ihr Hobby? Wenn Nein, warum machen Sie das nicht zu Ihrem Hobby? Jeder Mensch hat im Laufe seines Lebens irgendwann mal ein Hobby. Behaupte ich als Autor.

Weitere Fragen von Profilern, ob nun männlich oder weiblich, wären denkbar. Etwa: Könnten Sie sich vorstellen, ehrenamtlich als Hotelbesucher zu arbeiten? Für eine Nacht oder länger? Verändert sich Ihr Körpergewicht nach unten oder oben durch Aufenthalte in städtischen Hotels am Wochenende? Können Sie ein polizeiliches Führungszeugnis ohne Eintrag bekommen? Sind Sie – als Kurz-Gast – schon mal in einem Hotel gemobbt worden?

Etwa durch Küchenangestellte, den Hotel-Pagen, die Dame an der Rezeption? Oder verschärft: Durch andere Hotelgäste?

Wie viel Trinkgeld geben Sie? Welche Schuhe tragen Sie im Hotel? Joggen Sie in der Nähe Ihrer Herberge? In welcher Kleidung? Etwa *Goretex*-Material? Und welche Herren-Unterhose tragen sie dabei?

Welches Modell von *Calvin Klein*? Boxer-Format mit Raum oder Tarzan-String? Joggen Sie allein oder mit anderen? Sind Sie währenddem ein City-Rambo-Rempler?

»Nächste Station: Grüneburgweg, Ausstieg rechts«.

Empfangen Sie Besuch? Bevorzugen Sie eine bestimmte Etage im Hotel? Eine spezielle Zimmer-Nummer? Befassen Sie sich mit Nummerologie, während Sie – vorm Einschlafen – noch wach auf dem Bett liegen? Rufen Sie die Telefonseelsorge an? Zählen Sie Schafe? Sind die schwarz oder weiß; gar lila? Haben Sie Schulden? Wann möchten Sie in Rente gehen? Warum? Was interessiert Sie am Rentenleben? Wie stehen Sie zu Rechtsradikalen? Welche Bücher lesen Sie? Ersteigern Sie Gegenstände bei *Ebay*? Wenn Ja, warum? Wenn Nein, wann beginnen Sie damit? Rasieren Sie sich im Hotel nass oder trocken? Machen Sie Online-Banking?

Warum wechselten Sie im August 1999 Ihren Zahnarzt, bei dem Sie mehr als 15 Jahre in Behandlung waren?

Karsten Sippelhagen war um 7:00 Uhr von der *Kannengießergasse* aus mit seinem kleinen Rollkoffer über die *Domstraße*, *Hasengasse* bis zur *Hauptwache* gegangen. Jetzt saß er in Fahrtrichtung links im U-Bahn-Waggon. Er benutzte immer die U-Bahn nach seinen Aufenthalten in Hotels.

Und jedes Mal in nördliche Richtung. Niemals fuhr er unmittelbar nach Hause, in die *Diesterwegstr. 5*, an seinem arbeitsfreien Montag. Aus Prinzip nicht. Und aus seinem Single-Dasein heraus nicht. Diese Single-Einsamkeit in den eigenen Vier-Wänden – nach Aufenthalten in Hotels ...

Wie viele Jahre war er nun Single? Irgendwann hatte er aufgehört, die Monate zu addieren. Warum sollte ein Angestellter der *Deutsche Rentenversicherung Hessen* seine Single-Jahre auflisten? Etwa um ein Single-Jahre-Klärungskonto anzulegen?

Wen würde das interessieren?

Eine Person fiel ihm spontan ein: *Johannes B. Kerner*. Der würde tv-sendetechnisch das Single-Jahre-Klärungskonto Sippelhagens zu Geld machen und damit seine eigene Publicity erhöhen. Der Frankfurter würde nach dem Interview Applaus bekommen. Nicht wenig. Tage später jedoch würde all das verblasst sein. Für den Studiogast.

Ein Herr im Business-Zwirn, der gerade eingestiegen war, trat Sippelhagen seitlich auf den Fuß, während des Hinsetzens, obwohl Sippelhagen seine Beine nicht ausgestreckt hatte, sondern nur soviel Raum auf dem Sitz und vor dem Sitz beanspruchte, wie es beispielsweise U-Bahn-Fahrgäste vor 20 Jahren taten. Zudem saß Sippelhagen nicht breitbeinig auf dem Doppelsitz.

Der Zugestiegene entschuldigte sich nicht für seine Grenzverletzung. Im Gegenteil, während dieser sein Gesäß in Position brachte, streifte er mit seiner Aktentasche das Knie des Sachsenhäusers. Auch dafür keine Entschuldigung. Sippelhagen sah in Herrn Xs Gesicht, suchte Blickkontakt. Sein Gegenüber schaute jedoch aus dem Fenster. Mit leerem Blick. Den Single überkam schlagartig eine tiefe Trauer. Dann fragte er sich selbst: Darf ein Fünfziger traurig sein, der angestoßen wird? Während einer Montag-Morgenfahrt mit der U 1?

Sollte Sippelhagen den Herrn ansprechen? Wann wäre der Zeitpunkt dazu?
Fußballschiedsrichter beispielsweise ahnden einen Regelverstoß unmittelbar.
Und soweit Sippelhagen informiert war, darf eine Schiedsrichter-Entscheidung nicht zurückgenommen

werden. Jedoch war er kein Schiedsrichter, nur ein Angestellter. Als Bürger hatte er unterschiedliche Erfahrungen gemacht. Mit Rempeleien. Hin und wieder hat er Menschen direkt daraufhin angesprochen. Manche hatten gar nicht bemerkt, dass sie aktiv gerempelt hatten. Oder sie gaben vor, es nicht bemerkt zu haben. Andere entschuldigten sich, im Nachhinein. Aber sehr wenige. Und die Entschuldigungen schienen einkalkuliert. Will sagen: Ich remple einfach und spule kaltschnäuzig eine Entschuldigung ab. Kaltschnäuzigautomatisch. Erst rempeln, dann gegebenenfalls entschuldigen. Aber nur gegebenenfalls.

Bei anderen Rempelbegegnungen hatte Sippelhagen wenig Aufhellung erfahren. Ob Frau oder Mann, beide Geschlechter reagierten aggressiv, waren entsetzt, erbost, beleidigt, dass sie überhaupt angesprochen wurden. Zu ihrem Verhalten.

»Wie können Sie sich erdreisten, mich anzusprechen!, lassen Sie mich in Ruhe! Gehen Sie Ihres Weges!«.

Und während einer anderen Begegnung:

»Ich hab' Dich angerempelt? Du stehst doch hier rum und hältst den Verkehr auf, Du Depp! Du hast mich touchiert! Mach', dass Du weiterkommst, sonst gibt's was auf die Fresse!«

»Nächste Station: Fritz-Tarnow-Straße, Ausstieg rechts«.

Sippelhagen verließ die U 1, um vom gegenüberlie-
genden Bahnsteig aus nach Hause zu fahren.

Wo war sein Lebens-Licht?

Michael Liebusch

Im Untergrund

Ernst Kai Walluschek sah, wie sein alter Freund
Heinz Müller Knauf zwischen zwei Sicherheitskräften
des U-Bahn-Sicherheitssystems in gedrückter Haltung
lief. Zuerst wollte er hin laufen und ihm helfen. Aber
wobei?, dachte Ernst Kai Walluschek. So wie es aussah, war es schon zu spät. Er bekam einen Schweiß-
ausbruch, weil er auf einmal sich vorstellte, er würde
selbst zwischen den blau gekleideten Ordnungskräften
mit der roten Mütze abtransportiert werden.

Ernst Kai Walluschek und Heinz Müller Knauf hatten sich wegen einer angeblichen Nachstellung von
Erna Knauf seitens Ernst Kai Walluscheks auf den
Tag genau vor 15 Jahren heftig und sinnlos zerstrit-
ten. Und nun hatte Ernst Kai Walluschek ein schlech-
tes Gewissen, weil es auch noch der Jubiläumstag
war.
Am Ende der Rolltreppe, die er für das Emporkom-
men aus dem Untergrundbereich benutzte, erblickte er
das Tageslicht und die lebenserhaltenden Apparaturen

eines Notarztwagens. Seine offen stehenden Türen wirkten auf Ernst Kai Walluschek wie eine Einladung. Erst bezog er die Anwesenheit des Wagens auf sich, ordnete aber dann den Notarztwagen einfach Heinz Müller Knauf zu.

Ernst Kai Walluschek ging in das Bücherkaufhaus, um ein Ratgeberbuch zu kaufen. Das Kaufhaus war voller Menschen. Auf der Rolltreppe nach oben stellte er fest, dass er das Problem vergessen hatte, sich aber dennoch unwohl fühlte. Er schlenderte in der Abteilung der Problemsammlungen herum und suchte in den Rubriken: Angst, Depressionen, Träume, Männer.
Aber er fand sein Problem nicht. Es war verschwunden.
Auf einmal fiel ihm ein, dass Heinz Müller Knauf nicht krank war, sondern von den Sicherheitskräften abgeführt worden war.

Ernst Kai Walluschek beschloss, in der esoterischen Abteilung ein *Channel*-Bestsellerbuch aufzuschlagen. Er las, dass bis zum Ende des Jahres die Erde sich umpolte, viele Menschen leider den Planeten verlassen müssten, aber gereinigt und erleuchtet wiederkommen dürften.
Jetzt verdichteten sich für ihn die heutigen Geschehnisse um Heinz Müller Knauf. Warum wurde ausgerechnet Heinz Müller Knauf, der Versicherungsmakler, Vater zweier unehelicher Kinder, zwecks Erleuchtung geholt, und nicht er, Ernst Kai Walluschek, der Einsiedler, Grübler und Philosoph?

Am liebsten wollte er zurückgehen und sich heimlich in den Notarztwagen legen. Aber auf einmal merkte er, wie er bleiern müde wurde. Er setzte sich in eine der rot gepolsterten Leseecken und nickte ein.

Als er aufwachte, lag sein Kopf auf dem Schoß einer Kundin des Bücherkaufhauses. Verschämt blickte er herauf in ihr Gesicht. Wie durch einen Zufall war es die Ehefrau von Heinz Müller Knauf, Erna Knauf.

Michael Liebusch

Fische in Schanghai

Pauli saß entspannt vor seinem Lieblingssee. Ruderboote, Kinder, die sich nassspritzten. Er fühlte sich wohl. »Mein Wohlempfinden, was sich nach langer Zeit der Abwesenheit einstellt, ist wohl abhängig, wie ich zum Beispiel den See hier sehen will«, dachte Pauli. »Hätte ich Angst vor dem Wasser, vorm Hineinfallen zum Beispiel, wäre das kein schönes Gefühl, hier zu sein.«

Sein mobiles Telefon klingelte. Es war ein Anruf seines Bruders, der am Hafen von Schanghai arbeitete. Letztes Jahr hatte ihn Pauli dort besucht. Besonders die Weltläufigkeit der Schiffe gab ihm ein Gefühl von Ferne, Abenteuer und Geheimnis.

Sein Bruder wollte nichts Besonderes. Offenbar erprobte er nur die Auslandstauglichkeit seines mobilen Telefons. Er begrüßte Pauli mit herzlichen Worten.

Am See sitzend, wo Ruderboote mit anfängerhaften Ruderbewegungen aus dem Mini-Hafen von schwachen Kinderarmen gesteuert wurden, fühlte Pauli sich nun wie im Hafen von Schanghai. Im Hintergrund des heiteren, inhaltslosen Telefongesprächs hörte er das mächtige Hupen eines Ozeandampfers. Nun verwandelten sich für Pauli die Kinder in Matrosen, die Ruderboote in Dampfer, die morsche Anlegestelle zum Hafenkai und der Kartenverkäufer zum Zollinspektor. War das ein schönes Gefühl, wieder in Schanghai zu sein!

Pauli und sein Bruder verabschiedeten sich. »Wie leicht doch so ein Wohlbefinden steuerbar ist«, dachte Pauli, während sich Dampfer wieder zu Ruderbooten, Matrosen zu kreischenden Kindern zurück verwandelten. Diese Rückverwandlung war nicht weniger schön. Im Gegenteil. Die Verkleinerung und die Banalisierung der Weltläufigkeit konnte Pauli nun mit einer weiteren Fähigkeit seinerseits bereichern. Gönnerhaft ließ er die Boote auf dem Wasser treiben, wissend um die Dampfer in ihnen.

Am Ufer neben ihm stand eine Mutter mit ihrem etwa vier Jahre alten Kind und warf Brotstücke in den See. Pauli sah, wie sich die Wasseroberfläche mit pulsierenden Fischmündern füllte.

Das Kind lernte von der Mutter. Es nahm die Brotstücke, warf sie aber so ungeschickt ins Wasser, dass es beinahe hinterher geflogen wäre. Genauso ungeschickt und ungeübt lachte es auch. Wie ein Lachanfänger. Wohlwollend sah Pauli den beiden zu. Es war eine friedliche Szene, die sein Wohlbefinden steigerte.

Zudem stellte er sich vor, dass in Schanghai vielleicht von Schanghaier Müttern große Fleischstücke den Haien zugeworfen wurden. Über die komische Vorstellung wollte ein Lachen aus ihm raus platzen, das er durch schnelles Wiederverschließen des Mundes verhindern wollte. Doch stoßartig zischte Luft aus seinem geschlossenen Mund. Die Mutter und das Kind glaubten, Pauli wolle wegen einer schlechten Nachricht ein Weinen unterdrücken und bedauerten ihn durch mitleidige Blicke, denn sie hatten ihn vorher von weitem beim Telefonieren gesehen.

Eine andere Mutter mit ihrem ebenso alten Kind gesellte sich drei Meter weiter zu der Szenerie am See dazu. Die Mutter hatte ein kleines Fischnetz in der Hand, tauchte es demonstrativ in das Wasser und zeigte ihrem Kind damit, wie man es benutzte, um Fische zu fangen. Dann gab sie dem Kind das Fischnetz. Es tauchte das Netz so stümperhaft ins Wasser, dass die Fische, wenn es ihnen irgendwie möglich gewesen wäre, herzlich über den Angriff auf ihr Fischleben gelacht hätten.

»Im Hafen von Schanghai ist heute eine Menge los!«, dachte Pauli.

Er ging an den Kiosk und holte sich ein Eis am Stil. Am Fenster der kleinen Bude stand geschrieben:

»Bitte hier nicht anlehnen«, obwohl er es gar nicht vor hatte. Mit dem Eis ging Pauli auf eine Holzbank, die einen schönen Ausblick auf den See bot. Auf dem Tisch klebte ein mit durchsichtiger Folie überzogenes weißes Blatt: »Nur für Hotelbesucher«.

Er ging auf der Wiese herum und beabsichtigte, sich aufs Gras zu setzen. Mitten auf dem Grün sah er ein großes Schild, das an einer Metallstange angebracht war: »Das Essen und Trinken im sitzenden und liegenden Zustand ist strengstens verboten«.

Da er durchschaut war, blieb er einfach anarchistisch stehen, denn dafür wurde wahrscheinlich gerade erst ein Verbotsschild erfunden.

»Ohne strenge Gesetze und Schilder«, sagte er sich, »kann ein so großer Hafen nicht funktionieren.«

Christian Bedor

Septemberreise

Herr Sippelhagen liebte Buspauschalreisen im Herbst. Da war das Sonnenlicht besonders schön. Dieses Mal hatte er eine Reise zur Insel *Krk*/Kroatien gebucht. Aussprechen Krk – am Telefon hatten Arbeitskollegen immer KUK verstanden. Der Bus sollte am Montag, dem 15. September 2003, um 6:00 Uhr

von der Bushaltestelle Frankfurt Hauptbahnhof Süd-
seite abfahren.

Um 5:28 Uhr war der 48-Jährige an der vorge-
schriebenen Stelle. Herr Sippelhagen war wie immer
pünktlich. Er hasste Unpünktlichkeit. Er verstand
Menschen nicht, die zeitliche Abmachungen ignorier-
ten.

Der dunkelblaue Bus der Firma *Adria*-Reisen bog
um 5:42 Uhr um die Ecke. Behende parkte der Busfahrer das moderne Gefährt, stieg aus, begrüßte Herrn
Sippelhagen und ein paar andere Gäste, lud das ge-
samte Gepäck ein und bat höflich darum, zuzusteigen.
Herrn Sippelhagen fiel in diesem Moment ein, dass er
seinen neuen Akku-/Netzrasierapparat ins Handgepäck getan hatte. Manchmal denkt man ja beim Zu-
steigen seines Reisegefährts daran, ob man alles Not-
wendige eingepackt hat.

Auf dem Busticket des Frankfurters standen die
Platznummern 13 und 14. Als Einzelreisender hatte
man ihm einen ‚Doppelplatz' zugewiesen. Offenbar
hatten Busveranstalter in der Vergangenheit von Sin-
glereisenden gelernt, die man früher direkt nebeneinander setzte und von denen sich manche EMPÖRTEN.
Das verursachte zu Beginn der Reise eine schlechte
Stimmung unter den Gruppenmitgliedern.
Nun also bekam jeder Single ein Paar Sitze für sich
allein. Herr Sippelhagen hatte bei der Auswahl des
Busunternehmens extra auf diesen Service geachtet
und sich mehrmals zusätzlich telefonisch rückversi-

chert, ob er als Single auch bestimmt zwei Sitzplätze nebeneinander für sich allein habe und nicht neben eine absolut fremde Person gesetzt werden würde.

Der Sachsenhäuser hatte den Luxus der freien Auswahl. Entweder Fensterplatz, um die tolle Landschaft Österreichs, Sloweniens und Kroatiens zu bewundern. Na, gut, vielleicht auch Regionen Deutschlands – Bayern etwa. Oder aber Mittelgang, um auch mal seine langen Beine auszustrecken, denn Herr Sippelhagen maß annähernd 1,95 Meter.

Vor ihm – auf den Plätzen 11 und 12 – saß ein Paar. Mann und Frau. Das muss man bei heutigen Kurzgeschichten ja dazuschreiben. Die Frau saß direkt am Fenster, der Mann am Mittelgang. Beide Mittvierziger. Die Frau war schlank, trug glattes, brünettes Haar. Ihr Begleiter hatte ein leicht quadratisches Gesicht. Auffällig war seine Brille. Nicht, dass sie hochmodern war. Eher das Gegenteil. Das Modell hatte schon einige Jahre auf dem Buckel. ,In der heutigen Zeit keine Seltenheit', dachte der Rentenversicherungsexperte Sippelhagen sofort.

Im Vorbeigehen nickte Herr Sippelhagen ihnen kurz zu – sie erwiderten ebenso flüchtig –, dann setzte er sich ans Fenster und verstaute sein Handgepäck unter dem Nachbarsitz, damit seine Beine genug Platz hatten. Seine Jacke legte er auf das Polster. Später würde er sie in die Gepäckablage legen. Aber jetzt hatte er keine Lust dazu.

Das war nun die fünfte Busreise, die Herr Sippelhagen unternahm. Mit dem eigenen Auto mochte er nicht mehr fahren. Jedenfalls nicht so weite Strecken. Ihm ging die Raserei und Rücksichtslosigkeit auf der Autobahn zunehmend auf die Nerven. Das hätte er nie gedacht, denn als 20-Jähriger fuhr er leidenschaftlich gern Auto. Zuweilen einfach so ins Grüne.

Heutzutage war er für ein Tempolimit von 130 km/h. Aber dadurch würde sich nicht viel ändern. Die Zahl der Chaoten auf den Straßen wuchs.

Der Busfahrer schien einen soliden Eindruck zu machen.

Nachdem der Hesse das frischgestrichene und neu eingerichtete Hotelzimmer des *Beli Kamik* im zweiten Stock betreten hatte, fiel ihm sogleich die Aufgeräumtheit unangenehm auf. Herr Sippelhagen dachte unmittelbar an die Bücher zu Hause in seiner Badewanne und die mit alten Pullovern bezogenen Stühle in der Küche. Die Pullover aus den 80er Jahren waren ein preiswerter Kissenersatz. Und praktisch: Denn die Ärmel werden hinter der Rückenlehne verknotet.

Herr Sippelhagen wohnte in der *Diesterwegstr. 5.* Gar nicht weit vom *Städel* entfernt. Postlzeitzahl 60594.

Er ließ nur wenige Menschen in seine Wohnung. Ausschließlich so genannte Pflichtbesuche. Den Ableser der Wasseruhr zum Beispiel – den musste man ja reinlassen. Oder auch den Service-Mann, der immer die Therme reinigte.

Aber am freundlichsten von allen Männern war der Schornsteinfeger, dem er sich manchmal mit seinem

Messie-Laster anvertrauen konnte und der immer höflich antwortete:

»Ach, wissen Sie, Herr Sippelhagen, ich komme täglich in so viele Wohnungen, was glauben Sie, was ich dort alles sehe? Ihre Wohnung sieht dagegen noch sehr aufgeräumt aus.«

Herrn Sippelhagen freute das jedes Mal, wenngleich er nie kontrollieren konnte, ob der Schornsteinfeger nicht höflich log. Zu gern hätte der Sachsenhäuser eben diese anderen Wohnungen gesehen. Andere Messies jedoch würden so verfahren wie Herr Sippelhagen selbst: Man lässt nur Pflichtbesuche zu. Und oft muss man, bevor sie kommen, das eine Zimmer frei räumen, in denen der Pflichtbesuch zu tun hat. In Nacht- und Nebelaktionen werden dann herumliegende Gegenstände in ein so genanntes Sperrzimmer geschaufelt. Sperrzimmer deshalb, weil dort dann nur noch der Mieter Zugang hat. Obwohl, von Zugang kann keine Rede sein, da manches Zimmer bis zur Decke voll steht und niemand eintreten kann. Der Mieter hat höchstens ab dem Türeingang Sichtkontakt mit einem Teil seines Hab und Gutes.

Der Bus war um 20:10 Uhr in dem malerischen Ort *Njivice* auf *Krk* mit mindestens 90 Min. Verspätung eingetroffen. An der Rezeption erfuhren die Reisenden, dass die warme Küche um 21:00 Uhr geschlossen werden würde; aber es würde noch etwas serviert werden. Etwas Warmes.

Herr Sippelhagen stellte Koffer und Reisetasche auf den Teppich. Er öffnete beide Behältnisse und verteilte den gesamten Inhalt quer im Hotelzimmer Nr. 203.

Nein, der Gast aus Frankfurt gehörte nicht zu den Touristen, die nach dem Betreten des Hotelzimmers ihren Koffer samt Reisetasche auf das frischgemachte Bett warfen. Machen Sie das etwa? Ja, ich meine Sie! Sie – Leserin und Leser dieser Geschichte!

Werfen Sie etwa ihre mobilen Kleiderbehälter und Provianttaschen aufs Bett? Die Koffer rollten, trugen Sie durch die Welt. Setzten diese auf verdreckten Bahnsteigen ab, wo andere hinspuckten, ihre Notdurft verrichteten oder schemenhaft Blutflecken zu sehen waren. Und diesen ganzen Schmodder reiben Sie dann – durch den Wurf und das spätere Wegnehmen des Reisegepäcks – in den Bettbezug. Oder etwa ins Laken?!

Sogar eine neue Taschentuchverpackung leerte der Hesse aus und verstreute sämtliche Tücher auf dem Bett. Das gab ihm einen Anstrich von Zu-Hause-zu Sein. Aufgeräumte Zimmer machten ihm Angst. Sie hatten etwas von Ausstellungsräumen.

Wie jedes Mal, beim ‚Einzug' in unbekannte Hotelzimmer, öffnete Herr Sippelhagen die Türen des Kleiderschranks. Dieser Schrank hatte Flügeltüren. Beim Berühren der Griffe stellte er sofort fest, dass diese falsch herum montiert waren. Er musste derart seine Hände verdrehen, um an die Aussparungen zu gelangen. »Was für ein Pfusch! Das hätte es in Deutschland nicht gegeben!«, rief er laut aus ...

Schwache Dämpfe des Pressspanklebers strömten Herrn Sippelhagen aus dem Schrank entgegen. ‚Das ist auch nicht gesund', dachte er. Dann blickte er auf die Reihe der Hotelbügel, die bekanntermaßen eine Sonderausführung sind, damit man sie nicht stiehlt. ‚Warum nehme ich am letzten Urlaubstag nicht die Holzsäge aus meinem *Survivel-Kit* und säge damit die Stange mit den Bügelhaltern ab? Dann könnte ich das komplette System zu Hause montieren', dachte er und schmunzelte. Denn ich kann in meinem eigenen Schrank noch eine weitere Stange mit Bügeln gebrauchen.

‚Solide Holzkleiderbügel können bei artgerechter Pflege und Benutzung ein Leben lang halten', ging es ihm durch den Kopf. ‚Trotzdem, diese Bügel gefallen mir gut. Zudem würde ich mich bei ihrem Anblick immer an die Urlaubsreise erinnern ...', sinnierte er weiter. ‚Und ein bisschen Abenteuer-Flair habe ich auch, durch das Mitnehmen'.

Obwohl das Doppelbett - Herr Sippelhagen buchte immer Doppelbettzimmer - mit seinen Kofferinhalten dekoriert war, legte er sich darauf.

Er blickte zur Zimmerdecke und verschränkte seine Arme unter dem Kopf, ließ seinen Blick schweifen. An der linken Wand entdeckte er Mückenreste und malte sich sogleich aus, welchen Todes-Kampf wohl mit Schlappen oder Handtüchern bewaffnete Hotelgäste gefochten haben mussten.

Herr Sippelhagen nahm sich vor, ausschließlich im Dunkeln zu lüften und nur ein wenig bei geschlossenen Fenstern und bei künstlichem Licht im neuen *Harry Potter* zu lesen. Vor dem Einschlafen würde er zunächst das Licht löschen, in der Abfolge das Oberlicht kippen und sich zur Ruhe legen. Oberlicht? Ja, in diesem Hotelzimmer gab es sogar ein Oberlicht.

Sein Magen knurrte.

»Wann bekomme ich den Welcome Drink?«, murmelte er. Die Busgesellschaft wurde nach ihrer Ankunft nicht – wie sonst üblich – vom Hotelmanager empfangen. Man werde nach der Tischzeit ankündigen, wann man die Gäste mit einem Getränk willkommen heißen würde, ließen die Damen an der Rezeption während der Schlüsselübergabe auf Deutsch verlauten. Diese Terminverschiebung kam dadurch zustande, dass der alte Hotelmanager vor kurzem gefeuert worden und der neue mit allem überfordert war. So die offizielle Information.

An welchem Tisch würde der Frankfurter sitzen? Mit welchen Busgästen? Manchmal hat man Glück mit seinen Tischnachbarn und die Gespräche während des Essens sind niveauvoll, ging es ihm durch den Kopf.

In der Regel aber beschränkt sich die Konversation auf Mängel im Hotel, den schlechten Service, miserable Busfahrerwitze, den eigenen Gesundheitszustand oder die deutsche Politik.

Herr Sippelhagen stand auf und ging zur Hotelzimmerbar. Er öffnete die Tür und zählte die Flaschen nach. Dann schaute er auf die Liste und verglich sein Ergebnis mit dem auf dem Blatt. Es bestand Gleichheit. Danach kontrollierte er, ob alle Flaschen noch unversehrt waren. Er fürchtete, dass man ihm den Konsum von Getränken unterstellen würde. Er trank grundsätzlich nie etwas von der Hotelzimmerbar. Unabhängig vom heutigen Schnäppchenfieber war ihm das zu teuer.

Herrn Sippelhagen fiel der rot geschriebene Zusatz an der an der Innenseite des Kühlschranks angeklebten Getränkeliste auf, der die Hotelgäste daran erinnert, dass keine privaten Nahrungsmittel im Hotelkühlschrank gelagert werden dürfen. Das Hotelpersonal ist autorisiert, ungefragt das im Kühlschrank deponierte, ess- oder trinkbare Eigentum der Gäste zu entfernen.

»Dieses Verbot könnte aus Deutschland stammen«, stieß der Gast aus. Herr Sippelhagen wusste zu diesem Zeitpunkt noch nicht, ob er im Supermarkt gekauftes Mineralwasser dort kühlen würde. Er hatte nicht viel Reisegeld. Und ein Konfiszieren hatte nicht nur etwas Lehrerhaftes – er sah nicht ein, sein Eigentum über diesen Weg weggenommen zu bekommen.

Sein Magen knurrte erneut. An diesem sonnendurchfluteten Septembertag auf *Krk*.

BEWEGUNGSVERSUCHE IM WASSER

Michael Liebusch

Der Schwimmer

Der kurzsichtige Schwimmer in der Badehose kommt aus dem Meer heraus und steuert das falsche Handtuch mit der falschen Familie an. Er findet wie gewohnt seine Uhr wieder und auch eine Brille, die aber nicht ganz seiner Stärke entspricht.

Die Familie auf dem Handtuch zeigt sich gegenseitig Achselzucken, denn sie kennt den Mann in der Badehose nicht. Sie beschließt, den eben auf ihrem Handtuch eingeschlafenen Fremden mit Sack und Pack zu verlassen und das Handtuch und Opas Brille zu opfern.

Vom Schlaf noch gefangen, sieht der Mann in der Badehose mit der falschen Brille schemenhaft die Familie, die er für seine hält, sich am Horizont in der Hitze auflösen. Jetzt beginnt er sich über das seltsame Verhalten seiner Familie zu wundern.

Der Mann in der Badehose war nur kurz schwimmen. Jetzt hat er zwei Familien. Eine, die ihn sucht. Und eine, die ihn verlassen hat.

Das Ruderboot

Ein Mann rudert und rudert. Sein Ziel, die einsame Insel, hat er nicht vor Augen. Sein heranwachsender Sohn hat ihm zuvor nach Knabenart ein Stück vom Ruder abgesägt, heimlich, so, dass es der Vater nicht gemerkt hat.

Erschöpft von der Anstrengung, glutrot von der Sonne gebraten, tritt er in den familiären Raum, ohne seine Sehnsucht nach ein paar Stunden Ruhe, erfüllt bekommen zu haben.

Er erfindet eine Geschichte, die ihm die doppelte Niederlage vor seiner Familie erspart.

Draußen auf dem Meer habe er mit einem Drachen gekämpft. Dabei sei ihm ein Ruder entzwei gegangen. Der Drache habe Feuer gespien. Dabei sei ihm sein Gesicht verbrannt.

Bei dieser abenteuerlichen Geschichte wird sein Sohn neidisch und will am anderen Tage mit ihm aufs Meer kommen.

Außerdem hätte der Vater kurz vor der einsamen Insel im klaren Gewässer eine Meeresjungfrau angetroffen, die seinen jugendlichen Charme neu entfacht hätte, den er doch, mit Hinweis auf seine geehelichte Frau, gebremst und das lodernde Feuer eingedämmt hätte.

Bei dieser Geschichte horcht seine Frau auf. Bis jetzt glaubte sie an eine Lügengeschichte, nun aber beabsichtigt sie der Sache auf den Grund zu gehen und bucht, wie ihr Sohn, bei der morgigen Ausfahrt einen Platz im Boot.

Die Mutter und der Sohn sitzen im Ruderboot, das der Vater aus der Bucht steuert.

In gespannter Stille gleiten die Blicke der Mitfahrer über die Heerschar silbrig glänzender Wellen. Doch nichts tut sich. Kein Drachen und keine Meeresjungfrau steigen aus dem Meer empor.

»Ich habe den Eindruck, wir rudern immer im Kreis!«, stellt die Mutter gelangweilt fest.

»Ja«, antwortet der Mann, »das ist der Unterschied.«

Der weitsichtige Schwimmer

Der weitsichtige Schwimmer sieht die Familie am Strand auf dem Handtuch liegen, aber den Hai in seiner nahen Umgebung nicht. Also kann er ganz beruhigt schwimmen. Auch die Familie weiß von keiner Gefahr und sorgt sich nicht um ihr Familienoberhaupt.

Manchmal trägt sich der weitsichtige Schwimmer mit Gedanken, ob es sinnvoll sei, immer wieder an Land ins gleiche Leben zurückzukehren. So ist es auch heute. Er schwimmt noch einen Kreis im unruhigen Meer der Wellen, ohne den Hai zu bemerken, der das aufdringliche Mahl dankend ablehnt.

Je näher der weitsichtige Schwimmer an den Strand schwimmt, desto nötiger ist ihm eine Sehhilfe, Brille genannt.

Das Wort Sehhilfe findet er plötzlich so beim Schwimmen komisch. Er stellt sich eine Sehhilfe vor wie etwa eine Haushaltshilfe. Immer dann, wenn er etwas nicht sehen kann, hilft die Sehhilfe und sieht für ihn, zum Beispiel seine Familie, und erzählt das Sichtbare. Eine Brille kann nichts erzählen, das ist eben der Unterschied.

Aus dem Wasser raus, fasst er mit den Händen in den Sand, die spitzen Muschelstücke bohren sich in die Füße, Tang hat sich um eine seiner Zehen gewickelt. Sein Körper kommt ihm auf Land schwer vor wie Blei, das Salzwasser trocknet und brennt in der Sonne auf seiner Haut. Seine Badehose klebt unangenehm nass am Unterleib.

Überall sieht er nur Sand.

Die drei Sandhügel

Ein Mann kommt ohne seine Gleitsichtbrille, aber mit seiner Luftmatratze aus dem Meer heraus und fokussiert das rot-weiß-gestreifte Handtuch, das Erkennungszeichen für den Liegeplatz seiner Familie.

Doch dort, am Platz seines Handtuches, wo einmal seine Familie lag, sieht er nichts. Außer drei ungewöhnliche Sandhügel.

Unter dem Eindruck der Hitze hat sich die Familie im Sand eingegraben und kichert in dem listigen Versteck stumm vor sich hin.

Er blickt auf die drei Haufen Sand. Das letzte, was ihm außer seiner Luftmatratze geblieben ist. Der Strand ist menschenleer. Von den sonnengelben Hügeln des Sandes wendet er sich hin zu den himmelblauen Hügeln des gleitsichtigen Meeres.

Der Mann beschließt wieder ins Meer zurückzugehen und in seinem neuen Leben nach rot-weißen Streifen zu suchen.

Der Rettungsschwimmer

Er ist der Schönste am ganzen Strand. Er braucht keine Badehose. Seine Haut ist braungebrannt von der Sonne.

Mit ausgeprägter Blöße läuft die große, schlanke Gestalt am Liegeplatz der Familie Münster vorbei, nicht ohne die Mutter und die Tochter zu beeindrucken.

Der kleine, glatzköpfige Familienvater Heinz findet das ekelig.

Das körperliche Wunder verlässt den terrestrischen Bereich, um seinen biegsamen Körper im Mediterranen zu erproben. Da bleiben am Strand nur erstaunte Blicke. Im Nebeneinander der Handtücher und Sonnenschirme murmelt man, es sei ein Rettungsschwimmer.

»Rettung vor was?«, fragt sich Heinz, der Glatzköpfige und schlägt zur einhelligen Verwunderung der Familie ebenso seinen Körper in die Wellen, als hätte ihn ein Blitz getroffen.

Nach einer Weile des Planschens schwimmt Heinz mutig auf das offene Meer heraus, entfernt sich bedrohlich vom Strand und seiner angestammten Familie.

Das Ufer kann er nicht mehr sehen. Das Meer wölbt sich vor ihm zu einem Berg. Ausgerechnet vor seinem möglichen Ableben empfindet er, was er schon lange aus den Büchern wusste: die Erde ist unendlich gekrümmt.

»Um das zu erkennen, brauchte es nicht unbedingt meinen Opfertod!«, denkt sich Heinz verzweifelt und treibt hilflos auf dem Meer in Ermangelung von Auswegen.

Als ihn von hinten plötzlich ein starker Arm an der Schulter packt und seinen erschlafften Körper zum Strand zurück zieht.

Die braungebrannte Ehefrau schaut durch ihre Sonnenbrille auf das Meer heraus, um eine Familienzählung vorzunehmen. Was ist das für ein seltsames, zweiköpfiges Wesen mit nur einem Körper, denkt Heinz' Frau und erkennt auf einem der Köpfe eine kahle Stelle, die der ihres Mannes äußerst ähnlich ist.

Heinz ist dem Rettungsschwimmer sehr dankbar. Eine Gruppe Touristen hat sich am Strand um Heinz und den Rettungsschwimmer geschart. Beide atmen aufgeregt. Heinz stützt sich erschöpft und dankbar an der Schulter des Rettungsschwimmers ab. Auch Heinz' Badehose hat den Kampf gegen das Wasser verloren.

»Aber Papa!«, ruft seine kleine Tochter entsetzt.

Das Flusspferd

Die Flusspferde im Opelzoo lesen nur noch die Fachzeitschrift für den Münzhandel. Die Tagespresse ist ihnen scheißegal.

Die numismatische Vereinigung steht der neuen Anhängerschaft skeptisch gegenüber. Sie fürchtet um ihren Ruf, aber die Flusspferde sind zu groß, um sie wegzureden. Außerdem haben sie beste Beziehungen zu den Astronauten im All. Warum, weiß kein Mensch. Aber es ist so.

Die Numismatiker wollen es sich nicht mit dem All verscherzen. Und auch nicht mit der Zukunft und so: wegen möglicher Neuprägungen, Erstausgaben mit Stempelglanz.

Hintergrund der Neigung der Flusspferde zur Numismatik ist die Unart der Menschen, in das große Maul der Flusspferde Münzen zu werfen und sich dabei etwas wünschen. Da die Flusspferde sehr alt werden können, interessieren sie sich mit einer Art innerem Blick für die zum Teil sehr alten Münzen, die vielfach wertvoll sind. Die prall gefüllten Mägen werden von Flusspferd zu Flusspferd weiter vererbt. Eine unglaubliche Geschichte.

Hinzu kommt die Freundschaft mit den Astronauten, die im All untereinander Flusspferdebilder tauschen wie andere die von Fußballspielern.

Christian Bedor

Wort- und Satzspiel

Am Vormittag des 17. Juni 2005 treffen sich zufällig die Mittfünfziger Herr Claus Auf-Zuruf und Herr Berti Störer an der U-Bahn-Station Alte Oper, Frankfurt. Beide haben einen Tag Urlaub. Sie kennen sich vom Sehen, denn sie wohnen in der *Leerbachstr.* Nach einer trockenen Begrüßung und wenigen Minuten des Wartens besteigen sie die U 7 in Fahrtrichtung *Enkheim.*

»Wohin fahren Sie denn?«, fragt Herr Störer. »Zum Zahnarzt ins *Hessen-Center.* Anschließend will ich mir im Kaufhof ein Paar schwarze Socken kaufen. - - - Und Sie?« »Ich will dort zum *Toom-Markt*; auch im *Hessen-Center*«, antwortet Herr Auf-Zuruf.

Sie nehmen Plätze am Fenster ein, so, dass sie sich gegenüber sitzen.

Herr Auf-Zuruf, der eine ältere Sportzeitung mit sich führt, eröffnet das Gespräch mit den Sätzen:

»Am Freitag, dem 3. Juni, spielten auf dem Tennisplatz *Roland Garros* bei Paris der Schweizer *Roger Federer* und der Spanier *Raphael Nadal*. Das ist genau 14 Tage her. Allerdings begann das Match mit zeitlicher Verzögerung, denn es hatte in Paris geregnet, der Platz war bis Spielbeginn abgedeckt. *Eurosport* sendete, um die Lücke zu füllen, Viertelfinalspiele vom Vortag.

Federer, der Weltranglisten Erste, wurde als Favorit in dieser Männerpartie gehandelt. Obwohl einige Experten auch sagten, dass *Nadal* sehr stark sei.

Federer tat sich vom ersten Satz an schwer. Der *Eurosport* Kommentator sagte immer wieder, dass *Federer* erst noch zu seinem Spiel finden müsse. Aber letztlich gewann *Raphael Nadal* und setzte sich ganz klar von *Federer* ab. *Nadal* machte sich am 3.6.2005 damit ein eigenes Geburtstagsgeschenk, denn er wurde am selben Tag 19 Jahre alt. Er lebt übrigens mit seiner Familie, Großeltern, Eltern, Geschwistern auf *Mallorca*. Gemeinsam in einem Haus.«

»Nächste Station: Hauptwache. Ausstieg links.«

»Beide Spieler machten nach einem Punktgewinn immer wieder die Siegerfaust. Wobei *Nadal* manchmal noch zusätzlich hochsprang und die Beine unten zusammenschlug. Ähnlich wie *Chaplin* es früher in seinen Filmen machte.«, ergänzte Herr Auf-Zuruf.

Herr Störer: »Dieser Tennissport ist doch längst pervertiert. Immer häufiger hauen die Tennismänner mit über 200 km/h Bälle übers Netz. Wenn man so einen vorn Kopf kriegt, fällt man um – oder ein Auge ist kaputt. Und dann dieses Getue um den Sport herum. In der *Bild* von damals stand, dass *Nadals* Arme aussahen wie mit Tatoos versehen, weil er sich nach irgendeinem Spiel mit seinem Muscleshirt durch die Menge, die Autogramme wollte, quetschen musste. Die unterschiedlichen Schreibstifte stachen ihn wie Piercingnadeln.

Glauben Sie, Herr Auf-Zuruf, dass die Spieler genauso engagiert wären, wenn sie pro Auftritt nur 600 Euro bekämen? Und die noch versteuern müssten? Darüber hinaus keine zusätzlichen Werbeverträge hätten?

Und hier: Viele Spieler fallen immer wieder verletzungsbedingt aus, weil sie so hart trainieren. Der Sport hat längst seinen Beinamen Spiel verloren. Ist doch kein Spiel mehr. Auf dem Platz. Ist doch Krieg.

»Nächste Station: Konstablerwache. Ausstieg links.«

Kennen sie noch *John McEnroe*? Das war vielleicht ein Spinner, damals, als Aktiver. Wie er heute ist, weiß ich nicht. Der war ja auch bei den *French Open 2005* und guckte *Nadal* und *Federer* zu. *McEnroe* musste zu seiner aktiven Spielzeit immer minutenlang mit dem Schiedsrichter diskutieren, ob sein Ball noch gut war. Irgendwann hat *McEnroe* dafür gesorgt, dass ein kompletter Wettkampf so durcheinander kam, dass der Turnier-Chef und der Schiedsrichter später gefeuert wurden. Da soll mal jemand sagen: Tennisspieler seien Gutmenschen. Neurotiker sind das. Und die Tennisspielerinnen auch. Wenn sie mal dieses Gestöhne anhören. Beim Ballwechsel. Ob Männer oder Frauen. Bei *Marie Pierce* und *Justine Henne-Hardenne*. »--Ah--, --uh--, --oh--« ! Das ist doch alles nicht mehr normal.

Darüber hinaus die Zuschauer, die keiner Arbeit nachgehen, sondern sitzen, glotzen, fressen, applaudieren, den Pfau machen, ins Feld rufen.

Dass die soviel Zeit zum Gucken haben. Sind die alle arbeitslos? Sitzen ab 12:00 Uhr um den Court herum und gaffen. Europa geht es konjunkturell schlecht. Und 15.000 Zuschauer stieren stundenlang zwei Tennisspieler an. Das ist doch mehr als EIN Doppelfehler in unserer Gesellschaft.«

»Nächste Station: Zoo. Ausstieg links.«

Herr Auf-Zuruf: »Die Belgierin *Justine Henne-Hardenne* schlägt am Samstag, 4. Juni, auf dem *Center-Court* die Französin *Marie Pierce* klar mit zwei Sätzen 6:1, 6:1. *Justine Henne-Hardenne* bekam für diesen Finalsieg der Damen 876.000 Euro. *Marie Pierce* tränte in aller Öffentlichkeit. Sie hätte gern den Pokal gehabt. Bei den *French Open*.«

Herr Störer: »Beim Finalspiel *Nadal* gegen *Puerta* am Sonntag, dem 5. Juni, stand es nach 11 Minuten schon 2:0 für *Nadal*. Dieser *Nadal* zog oft seine Söckchen hoch, bevor er servierte. Dabei waren die gar nicht runter gerutscht. Der Sponsor achtet strickt darauf, dass die Tennissocken nicht rutschen. Die haben Spezialgummis drin. Deutsche Spezialgummis. Stellen Sie sich mal vor, wie das im Fernsehen aussehen würde, wenn die Tennissocken rutschen. Gerade nach den Sprüngen der Spieler. Außerdem erkennt man das Logo des Sponsors nicht mehr, wenn die Socken unten gekringelt sind. Nee, nee – ich hab's genau gesehen: *Nadal* tat das nur, um Zeit zu gewinnen. Oder aus Aberglauben. Oder es war eine Übersprungshandlung. Ich hab' da mal ,so'n Seminar besucht. Präsentieren und Rhetorik. Wenn man Tennissocken hochzieht, ist das eine Verlegenheitsaktion.«

»Nächste Station: Habsburgerallee. Ausstieg links."

»*Nadal* hat schon im Kindergarten angefangen mit dem Tennis«, fährt Störer fort. »Sein Onkel Angel, der mal aktiver Fußballer war, brachte ihm das bei. Und bei dem Argentinier *Puerta* muss es knapp in der Nähe gewesen sein. Ich meine, in der Nähe vom Kindergarten. Zeitlich betrachtet.

Heute brauchen beide Spieler aber keinen Kindergarten mehr. Stattdessen brauchen Sie neben ihrem Tenniscoach Physiotherapeuten, Ärzte, Konditionstrainer, Psychologen und Manager – kein Witz –, damit sie insgesamt auf der Höhe bleiben und im Kopf immer SIEG stehen haben. Denn Tennis-Spiele werden im Kopf entschieden.

Glaube, dass das *Becker* gesagt hatte. Damals. Kennen Sie den noch? *Boris Becker*? Ein Deutscher. Ein Mentaler.

Nun stellen Sie sich mal folgendes vor. Nur so als Gedankenspiel. Ein Frankfurter Autor hat die oben genannten Trainer, Berater, Manager, Psychologen, Physiotherapeuten, Ärzte und sonst was um sich. Bezogen auf das Schreiben, auf öffentliche Autorenlesungen in einem *Center-Court* vor mindestens 15.000 Zuschauern und bezogen auf das Verlegen von Büchern, der kompletten Medienarbeit et cetera. pp. Der Autor würde der Öffentlichkeit einen Bestseller nach dem anderen servieren.«

»Nächste Station: Parlamentsplatz. Ausstieg links.«

Herr Auf-Zuruf schüttelt den Kopf: »Wir sprechen hier über Tennisspieler, nicht über Wortspielereien und Buchsätze. Aber interessant wäre das mal. Vor 15.000 Zuschauern eine Kurzgeschichte zu lesen. Oder mehrere. Mit Live-TV und so. Muss ja kein Poetry Slam sein.

Dieser *Mariano Puerta* hat ja früher mal gedopt. Mit *Glenbuterol*. Nachdem das aufgeflogen war, war er neun Monate lang gesperrt. Und durfte kein Tennis spielen. Jedenfalls nicht öffentlich.

Was sind schon neun Monate? Jetzt darf er wieder und erhielt nach dem verlorenen Finalspiel *French Open* – 2005, der Männer – 440.000 Euro. *Nadal* bekam 880.000 Euro. Davon können sich beide Linkshänder mit links einen Tee bei *McDonalds* kaufen.

Hey, beide sind Linkshänder. Die passen doch gut zusammen. Gleich und gleich gesellt sich gern. Nicht nur auf dem *Center-Court*. Wie wäre es, wenn die heiraten würden? *Nadal* ist die Frau in der Tennis-Ehe, da eher der feminine Typus und *Puerta* ist der Mann. Die Ehe wäre ideal, da beide außerdem alterstechnisch nur unweit auseinanderliegen. 19:23. Und ihren Job kennen sie beide von der Pike auf. Das ist wie bei *Agassi* und *Graf*. Nur ein leibliches Kind können *Nadal* und *Puerta* nicht kriegen. Die müssten dann Kinder adoptieren.«

»Nächste Station: Eissporthalle. Ausstieg links.«

»Den Job zu kennen, ist ein großer Vorteil, denn man heiratet nicht branchenfremd«, merkt Auf-Zuruf an. »Das Männer-Paar könnte später auch im Herren-Homo-Doppel auftreten.

Oder habe ich jetzt meine Wörter an Sie vor Eifer ins Aus geschlagen, Herr Störer? Ähnlich wie Tennisprofis, die nicht immer korrekt den Ball treffen?«

Herr Störer: »Nein, Herr Auf-Zuruf, sie haben mir den Satzball super-soft übers Netz gespielt. Sie wissen ja, dass ich am Wortnetz stark bin. So kann ich wunderbar retournieren. Mit einem Top-Spin-Wort. Das heißt bei mir *Papst Benedikt XVI.*

Dieser neue Papst ließ in diesem Monat, am 7. Juni, verlautbaren, dass er und die katholische Kirche gegen homosexuelle Ehen seien. Ob es sich um Tennis-Prominente dreht – wie *Nadal* und *Puerta* – oder weniger bekannte Leute.

Das finde ich mutig von dem Papst. Allerdings kann ihm ja niemand kündigen. Wäre der Papst ein Manager in einer Bank oder Politiker, hätte man ihm zur Kündigung oder zum Rücktritt bzw. Austritt aus der Partei geraten.

Was macht der Papst wohl in diesem Augenblick, während diese Kurzgeschichte gelesen wird?«

»Nächste Station: Johanna-Tesch-Platz. Ausstieg rechts.«

Zwischendurch eine Frage an die Leserin, den Leser: Wissen Sie noch, wo Sie sich befanden, als die Amtseinführung des Papstes *Benedikt der XVI.* war?

»Papst oder Tennis. Das ist Jacke wie Hose, Herr Auf-Zuruf.

Nadal hat übrigens verloren. Drei Tage nach seinem *French Open*-Titel. *Nadal* spielte gegen den Deutschen *Alexander Waske* bei den *Gerry-Open* in Halle/Ostwestfalen. Der Rechtshänder *Waske* schlug *Nadal* am 8. Juni 2005 in drei Sätzen auf Rasen: 6:4, 6:7, 3:6.

Meiner Meinung nach hat *Nadal* seinen Sieg in Paris nicht würdig gefeiert. Das hätte er dadurch tun können, in dem er nicht gleich drei Tage später antritt. Bei einem neuen Turnier. Es ist gesünder, wenn man sich für seine Arbeit belohnt. Mit einem Urlaub zum Beispiel, der vier Wochen dauert.

Es gibt ja viel zu viele Tennisspieler und Tennisspielerinnen. Wenn die alle nur 600 Euro pro Spiel kriegen würden, gäbe es nicht diese Inflation. Gerade auch, was die Siege anbelangt. Wer soll da noch mitkommen, wer wann wo gewonnen hat?«

»Nächste Station: Schefflestraße. Ausstieg rechts.«

»*Nadal* und *Waske* können übrigens nicht heiraten. *Waske* ist Rechtshänder, Deutscher und spielt gern auf Rasen. Nach eigener Auskunft ist er direkt nach so einem Match bei den *Gerry-Open* scharf, denn er sagte wortwörtlich: "Ich bin geil auf Rasentennis!"
Sowas hört der Papst gar nicht gern.

Dieser *Waske*-Satz ist aber schon wieder Vergangenheit, denn am Samstag, dem 11. Juni 2005, spielten *Tommy Haas* und *Roger Federer* im Halbfinale gegeneinander. *Federer* gewann das Match. Und bleibt damit der Weltranglisten-Erste. *Waske* ist längst nicht mehr im Turnier.

Am Sonntag, 12. Juni 2005 – das ist jetzt erst fünf Tage her –, schaute ich das Match *Federer* gegen den Russen *Marat Safin* an. *Safin* schafft es, den Ball beim ersten Aufschlag mit 221 km/h übers Netz zu schlagen. Nach 36 Minuten gewann *Federer* den 1. Satz mit 6:4. Beim zweiten Satz war *Safin* oft so wütend über einige misslungene Schläge, dass er sein Racket mit dem Rahmen voran in den Rasen schleuderte.

Einmal gab es ein tiefes Loch im Rasen. Aber *Safin* wurde deswegen vom Schiedsrichter, einem Italiener, nicht diszipliniert. Der Kommentator sagte, *Safin* habe so schon häufiger seinen Frust gezeigt und in der Vergangenheit 59 Schläger zerstört. Der Platzmeister sieht das übrigens gar nicht gern, er muss den Rasen wieder ausbessern. Und für die TV-Live-Kameras dieser Welt ist so ein Loch im Rasen auch ganz schlecht.

Wenn da plötzlich 'ne Maus rauskommt. Dann muss das Spiel unterbrochen werden.

Federer gewann das Match und bleibt damit der Weltranglisten-Erste auf Rasen. Die Sätze lauten: 6:4, 6:7, 6:4. *Federer* bekam 100.000 Dollar, *Safin* 60.000. Warum man in Deutschland, genauer: Halle/Ostwestfalen, Dollar ausgibt und nicht Euro, ist mir ein Rätsel. Wir leben doch hier in der Euro-Zone. Was soll das mit diesen Dollars?«

»Nächste Station: Gwinnerstr. Ausstieg rechts.«

»Wann ist unser Wort- und Satzspiel zu Ende, Herr Auf-Zuruf?«

»Am *Hessen-Center*, Herr Störer, da müssen wir aussteigen.«

»Nächste Station: Kruppstr. Ausstieg rechts.«

»Das ging jetzt aber schnell zwischen den beiden Stationen, Herr Auf-Zuruf.«

»Das ist der geile Turbo-Kapitalismus, Herr Störer.«

»Nächste Station: Hessen-Center. Ausstieg rechts.«

»Herr Störer, hier ist Schluss mit unserem Wort- und Satzmatch. Gleichzeitig endet damit diese Kurzgeschichte. Alles Gute für Sie. Und berichten Sie mir bei der nächsten Fahrt mit der U 7 von Wimbledon und dem Papst.«

Michael Liebusch

Underwood – Allein im Wald

»Diese Ähnlichkeit!«, sagte der Wirt zu der adrett gekleideten Frau, die eben in den von speckigem Holz dominierten Gastraum eingetreten war und ihren Laptop auf die Eckbank legte.

»Genau wie damals!«, ergänzte der Wirt.

»Wie?«, fragte die Frau im blauen Kostüm, etwas mürrisch wegen der Störung bei der Rast.

»Wie damals Heidi: blaues Kostüm, hellblaue Handtasche. Wenn Jack das sehen könnte, er wäre endlich frei von Allem«, antwortete der Wirt und suchte den Blick aus dem Fenster zum schneebedeckten Berg hinauf.

»Was für ein Jack?«, fragte die Reisende.

»Wollen Sie die Geschichte von Jack hören, dem Holzfäller? Es ist eine seltsame Geschichte. Jack war ein Stammgast hier im *Dorfkrug*.«

»Ja, in Gottes Namen«, erwiderte die Frau gereizt, »erzählen sie die Geschichte, damit ich bald mein Essen bekomme.

Und weil mein Mann auch zufällig Jack heißt.«

»Aha!«, erwiderte der Wirt, so als fühlte er sich in seinem Vergleich bestätigt. Entschlossen rückte er seine weiß-blau-karierte Schürze zurecht und holte der Reisenden ein Glas Bier von der Theke.

Draußen schien die Sonne, der Schnee schmolz nur langsam. Der Frühling kündigte sich an. Die letzten Gäste waren gegangen. Die Wirtin briet in der Küche das Essen. Der Wirt nahm gegenüber der Reisenden auf einem Stuhl Platz und trug die Geschichte von Jack vor, so wie sie hier erzählt wurde.

Der Holzfäller Jack war ein einfacher Mann. Eines Winterabends zog er sich in seine tief im Gebirge stehende Holzhütte zurück, in der die alte *Underwood*-Schreibmaschine seines Vaters stand.

Dreißig Jahre hatte Jack in seiner Heimat, dem Wald, für den Fall der Bäume gesorgt. Bei Wind und Wetter, im Sommer wie im Winter, erst mit der Axt, dann mit seiner elektrischen Säge, seinem Waldfahrzeug und in der grünen Waldarbeiterkleidung. Seine Hände waren über die Jahre dick geschwollen von der groben Arbeit, der Kälte und von den Schnäpsen, die er gern hier im *Dorfkrug* zu sich nahm.

Nie hatte es ihm etwas ausgemacht, einen Baum zu fällen, für den gesunden Bestand des Waldes zu sorgen. Die Baumstämme wurden in den Jahren morscher. Ihm war es, als fällte er Kranke. Auf ein Mal kam er sich wie ein Bestatter des Waldes vor, wie ein Totengräber. Um ihn verfinsterte sich die Welt, als sei er in einen Traum geraten, aus dem er nicht mehr erwachen konnte.

Helle Gedanken waren die an seine Jugendzeit, in der er mit seinen Freunden so manchen Streich ausgeheckt hatte. Manchmal musste er sogar heute noch lachen, wie er zum Beispiel dem Alois, seinem Kollegen, die festen Arbeitsschuhe in zwei Teile gesägt oder dem Bruno Hirschknödel in den Saum seines Jägerhuts eingenäht hatte.

Das war damals. Dazu gehörte auch die nicht erfüllte Liebesgeschichte zwischen ihm und einer gewissen Heidi, einer Handlungsreisenden, die er hier im Gasthaus an diesem Tisch kennen gelernt und in die er sich geradewegs verliebt hatte. Das Rendezvous nachts mit ihr im Wald ließ er wegen ein paar Schnäpsen und einiger Saufbrüder platzen, weil er seine Verehrung für so eine feine, selbstbewusste

Frau nicht ertrug. Allein ließ er sie im Wald stehen, mitten in der Nacht. Nie hatte er wieder etwas von ihr gehört. Immerfort dachte er all die Jahre an sie.

Der Name Heidi geisterte ungewollt durch seinen Kopf und störte sein Denken. Wortähnlichkeiten wie Heide oder Held versetzten seinen Körper in Unwohlsein, Hitzeschübe, Schweißausbrüche und später in Erschöpfung. Las er zum Beispiel etwas über die Lüneburger Heide, kam es ihm vor, als sei dies eine versteckte Botschaft über Heidis Verbleib. Der Name des Schauspielers *Martin Held* wies ihn darauf hin, »Martin sei Heidis Held«.

Oft dachte Jack an Sätze wie: »Heidi steht allein im Wald«.

Manchmal sagte er diesen Satz laut vor sich hin.

Nun war er in der alten Holzhütte, in der sein Vater seine letzten Lebenstage vor der *Underwood*-Schreibmaschine verbracht hatte, um an seinem Kriegstagebuch zu schreiben.

Endlich, so nahm Jack sich mutig vor, wollte er die Geschichte mit Heidi aufschreiben, sie aus dem Wald zurückholen und vielleicht auch seine Liebe.

Bevor er irgend etwas denken konnte, dauerte es Stunden, die er mit Rauchen und mit nervösem Hin- und Herlaufen verbrachte. Im selbst erwählten Gefängnis nahm sein erhitzter Körper die Starre eines unterlegenen Tieres an, das seinem Feind gegenübersteht. Dann erkaltete sein Körper plötzlich und ausgerechnet im Hirnbereich floss gar nichts. Sein Blut entschwand innerhalb seines Kreislaufes an einen geheimnisvollen Ort seines Körpers. Jack musste sich vor Erschöpfung und Angst auf dem Stuhl ausruhen und aß eines der zersplitterten Stücke ausgetrockneter Schokolade seines Vaters, die noch übrig geblieben war.

Durch das Fenster sah er den verschneiten Berg und die eingeweißte Landschaft mit ihren nackten Baumstämmen und bizarren Ästen, die hilflosen Arme in eisiger Kälte.

Er betrachtete das schwarze Stahlross mit dem schwarz gepanzerten Bauch. Schwer thronte es auf dem hölzernen Tisch. Mit der Nacht kehrte Stille im Zimmer ein.

Der Stuhl war kalt. Schwarz, eisern, wie sie da auf dem verwitterten Tisch stand, hatte die alte »Underwood« ohne Makel die Zeiten überlebt: Den Vater und die Zeit, bis Jack alt geworden war. Aus ihr strahlte eine stille Dominanz, vor der er ehrfürchtig Platz nehmen musste. Die Buchstaben auf den Tasten bestanden aus den großzügigen Zeichen einer alten Zeit. Tiefschwarze Buchstaben auf weißem Untergrund im metallumfassten Kreis. Sie ruhten in einer schwarzen, dominanten Stahlfassung. Streng, wehrhaft und daher vorbestimmt für eine gewaltige Konfrontation. Die Typen, bereit einzuschlagen wie Geschosse, zielten auf das Blatt auf der Walze, das Jack einspannte. Das Papier, aus Hölzern gepresst, in ergebener Wartestellung auf die gewalttätigen Einschläge einer Buchstabenarmee, die auf Befehle aller Art wartete, ohne zu fragen, warum.

Es war der Vater, der in der Holzhütte den Krieg das zweite Mal ausgetragen hatte, damit er ihn auf seine Weise gegen die furchtbaren Geschehnisse für sich gewinnen konnte. Mit der »Underwood«, einem Stück Papier, seinen Erinnerungen gegen das Geschehene, das einfach nicht von ihm lassen wollte.

Jack starrte auf eine glänzende Stelle auf der schwarzen Maschine. In seinem Kopf schaltete sich der Satz ein, der ihn hartnäckig verfolgte. Der Satz rückte näher zu ihm, dann entfloh er plötzlich an einen Platz, den er nicht lokalisieren konnte. Es gab ein Weit und Nah des unbekannten Ortes in ihm.

Der Satz »Heidi allein im Wald« erdrückte, zerquetschte sein Inneres, sodass er nicht mehr denken konnte, nur noch verzweifelt grübeln, was mit ihm geschah.

»Heidi allein im Wald«. Wenn er es jetzt in die *Underwood* eintippte, dann war es doch wie besiegelt. Nein! Er wollte Heidi nicht noch einmal allein in den Wald schicken, nicht zum zweiten Mal. Nein! Nicht zum zweiten Mal in den Krieg gehen, wie sein Vater, mit Hilfe der *Underwood*-Schreibmaschine.

Noch war das Papier weiß, hatten die Typen der *Underwood* nicht eingeschlagen, noch herrschte Frieden. Seine feuchten Hände rieben einander. Jack blickte in den Rachen der Maschine. Tief zwischen den Buchstabentasten befand sich das Grab, das Höhlensystem der Buchstaben und Gedanken. Gebannt schaute er auf die Tasten und wartete auf ein Kommando von ihnen. Dann wechselte sein Blick wieder ins dunkle Niemandsland, auf Hälse von Köpfen metallischer Verbindungsstücke im Inneren der Maschine.

Gab es noch einen zweiten Krieg, den er im buchstabenlosen Nichts austragen musste? Es war ein Winter, der mit seinen vom Himmel herab tanzenden Schneeflocken draußen vorm Fenster romantisch daherkam, in Wahrheit aber Eis, Kälte und Starre meinte.

Jack schob seinen Körper auf dem Stuhl immer wieder vor und zurück. Als brächten ihn solche zeremoniellen Bewegungen zum Ziel. Bilder von Heidi im blauen Kostüm, ihren schwarzen Lackschuhen, weißen Nylonstrümpfen und ihrem überzeugten Lächeln stellten sich ein. Er sah sie neben dem Holzstadl, oben am Waldrand, wie sie auf ihn, Jack, den Holzfäller, wartete, weil sie seine großen, von dickem Horn überzogenen Hände spüren wollte.

Sie blickte auf die Uhr und presste die hellblaue Handtasche ängstlich an ihren Körper. Ihr Lächeln gefror.

Genauso war es, sagte er sich. Er fixierte das H auf der Taste, das im Zehnfingersystem dem starken, rechten Zeigefinger zugeordnet ist. In den vergangenen Jahren hatte der Zeigefinger viele Verletzungen erlitten. Quetschungen, Unfälle mit der Axt und mit der Säge. Das Anschlagen des H bereitete ihm heftige Schmerzen. Das H fiel auch mit dem Vornamen seines Vaters, Horst, zusammen und krachte wie ein Donnerschlag, wie ein Etwas, was für immer hallte. Sofort

schlossen sich erst der linke, dann der rechte Mittel-
finger an.

Der Satz war raus. Da ruhte er. Jack stand auf, lief
aufgewühlt im Zimmer herum und schaute nach dem
Feuer im Kamin. Unter seinen Füßen knarrte der
Holzboden.

Was geschieht nur?, dachte Jack. Wie eingeschnürt
fühlte er sein Herz in seiner Brust. Er öffnete die Tür.
Der kalte Sturm blies den Schnee in die Hütte. Er
blickte hinauf zum Waldrand, wo das Holzstadl heute
noch war, und er sich mit Heidi verabredet hatte. Obwohl es dunkel war, schillerte die Stelle künstlich-
blau. Vom Schnee beschwerte schwankende Äste der
hohen Tannen warfen Schatten, die ineinander fielen
und sich in riesenhafte, menschenähnliche Gestalten
verwandelten. Kurz teilten diese Gestalten sich mit,
dann verflüchtigten sie sich im Auseinandergehen der
Äste.

Er musste wohl lange an der offenen Tür gestanden
haben. Einen Moment war er sicher, Heidis Gestalt
dort oben gesehen zu haben. Jack sah an sich herunter. Er war bis zu den Knien eingeschneit, die Hose
steif gefroren. Hatte er Stunden vor offener Tür verbracht?
Er schaufelte den Schnee aus der Tür und schloss
sie, um zu sehen, ob das Holz im Kamin noch brann-
te. Ein nasses Stück Papier hob er vom Boden auf und
entzifferte die verschwommenen Buchstaben:
All ... im ... ald, las er.

Vor seinen Augen zerflossen die Buchstaben.

Es gab keinen Zweifel. Es war sein eben betipptes Papier. Mit der Öllampe eilte er zur alten *Underwood*, auf der es beschrieben hatte. Ein anderes Blatt Papier steckte in der Walze, das Jack kannte:

In völliger Apathie erwarten wir das Ende. Nicht einmal der Alarmruf »Raus, der Russe greift an!« kann jemanden bewegen, den Bunker zu verlassen.

Das waren die getippten Worte seines Vaters, wie eben erst mit erinnerter Angst vollbracht. Als flirrten die nach altem Maschinenöl riechenden, aufgewirbelten Teilchen des angeschlagenen Farbbandes noch durch die Luft.

Wieder schaute er aus dem Fenster auf die schwankende Baumreihe hinauf zum Holzstadl ins lodernde Blau. Zeit verstrich, aber er wusste nicht, welche. Offenbar trieb die Zeit mit ihm ein Spiel.

Jack tippte auf dem Papier seines Vaters weiter. Zehn Finger gehorchten Muskeln, Nervenbahnen und Gehirnzellen. Das Gehirn dachte über sich nach. Jack schrieb Sätze aus dem Niemandsland vor seine Augen auf das Papier:

Heidi steht allein im Wald. Ein Mann nähert sich der Frau im blauen Kostüm, die sich zu freuen scheint und mit ihrer hellblauen Handtasche winkt. Es ist ein lauer Sommerabend. Der Mann, ungeübt in Gefühlen, weiß nicht, wie er die Frau umarmen soll, also erschlägt er sie kurzum mit einem Stück Holz vom Weg-

rand, bevor sie ihn um einen zärtlichen Kuss bitten kann. Da ist die Zeit stehen geblieben bei beiden, da steht sie für immer. Da liegt sie so friedlich, da ruht sie, hier lebt der Totschläger.

Während seine Finger den scheinbar fremden gestalterischen Kräften auf der *Underwood*-Schreibmaschine folgten, glaubte er die leise Stimme einer Frau vor dem Haus zu hören. Oder war es das Pfeifen des Windes? Nun flüsterte die Stimme flehend: »Hallo. Hallo!«

Er ging wieder vor das Haus. An einem Fleischerhaken am Fenster hing eine Plastiktüte und jammerte im Wind. Die Tannen oben am Holzstadl ächzten laut vom Schnee auf ihren Schultern. Der Schneesturm wählte seltsame Kreisbewegungen und wirbelte um das Haus herum. Der Weg zum Haus war vom Schnee verweht. Um das Aborthäuschen fauchte der Sturm unentschlossen herum, verschonte es vom eisigen Treiben und zog weiter zum Schuppen, den der Schnee bis unter das Dach einnahm.

Im Nu empfand Jack zwei Gefühle gleichzeitig: Eines handelte vom Wohlbefinden und vom Schutz in seiner beheizten Hütte. Das andere drängte ihn, hinauf zu den Tannen zu gehen.

Er zog die dicke Waldarbeiterkleidung mit den Winterstiefeln an und stapfte knietief durch den Schnee den Hang hinauf. Dorthin, wo er glaubte, es seien Wege, die er zu gehen habe. Das Ziel mit gesenktem Haupt vor Augen, denn der Schneesturm peitschte in sein Gesicht.

Schon hatte sich die Welt um ihn herum in Millionen wild schwirrende Schneeflocken aufgelöst. Er sah oben am Stadl, wie die Tannen auf einmal zu Riesen wurden und tanzten, wild hüpften, in die Knie gingen und Reigen bildeten, als wollten sie ihm ein lehrreiches Schauspiel liefern.

Die Füße waren schon nass, ebenso das Gesicht. Die Barthaare gefroren. Die Hälfte zwischen Haus und Stadl war hinterlegt. Wie er das geschafft hatte, wusste er nicht.

Ohne noch messbar zu sein, verrann die Zeit. Jack dachte nicht mehr viel. Einströmende Bilder und Gefühle ersetzten sein Denken. Die Kälte ließ ihn nun seinen Vater empfinden, der sich aus dem russischen Winter zu Wort meldete. In jeder Faser von Jack hauste nun ein russischer Winter. Er war jetzt nur Aufnahmekörper für Kälte und Geräusche einer herannahenden Panzerkolonne. Jack hörte sogar das Rasseln der Ketten. Mit ganzem Leib war er jetzt sein Vater, spürte sogar den schmerzhaften Einschuss am Oberschenkel. Jetzt war er der Vater selbst, der ihn nie richtig lieben konnte. Und wie ein Außenstehender kalt und sachlich seinen Sohn behandelte.

Die brummelnden Riesen tanzten Reigen und drohten aus der Kreisbahn zu schleudern. Jack sehnte sich danach, den Riesen nah zu sein, um bei ihnen Schutz zu suchen.

Unzählige von ihnen richtete Jack durch seine Hand. Aber die Zeit als Holzfäller war endgültig vorbei. Er meinte sich den Riesen zu nähern. Doch das Ziel schien mit jedem Schritt weiter weg zu wandern.

Offenbar gab es innerhalb der Zeit noch eine zweite, nicht messbare Zeit. Gab es auf Wegen unmessbare Entfernungen, von denen er bisher nichts wusste?

Vor seinen Augen sah er ganz deutlich die alte *Underwood* seines Vaters. Jacks gehetzte Finger tippten auf das Papier:

Eine Frau im blauen Kleid wartet unter den Hölzern. Der Mann, auf den sie wartet, trinkt im »Dorfkrug« mit seinen Kumpels Schnäpse. Die Frau steht allein im Wald, ängstigt sich, macht sich Sorgen, fühlt sich betrogen und malt ihre Gedanken aus in der Luft. Es entstehen bizarre Gestalten der Angst, Fratzen und zahllose Teufel, unsichtbare Bündel Energie. Ein jeder kann die Ungerechtigkeit, die der Frau widerfahren ist, am Holzstadl spüren. Die Frau ist für immer gegangen, aber die Fratzen bleiben.

Die Riesen tanzten wild. Jack steckte aufrecht bis zu den Hüften im Schnee fest.

»Gebt sie mir wieder, die Heidi, gebt sie frei und mich auch«, rief er den Riesen zu.

Aber die lachten ihn nur aus, heizten den Schneesturm durch ihren Reigentanz noch stärker an. Jack grub mit seinen gefrorenen Händen den Weg zum Holzstadl und kroch auf dem Bauch. Vom wilden Treiben der Riesen hob sich das Erdreich am Stadl.

Jack hörte ein schreckliches Heulen und Singen. Es waren die Lieder sterbender Riesen aus Holz, die er gut kannte. Unter Gedonner stürzten sie in alle Himmelsrichtungen. Als wollten sie zum letzten Mikado einladen, starben sie übereinander.

Ein Baum traf Jack hart im Nacken. Sein Kopf trennte sich vom Körper. Ein Gedanke blitzte im Irgendwo von Jack auf: ein offenbar wahlloses Bild von zersägten Schuhen. Blut floss kaum in der Kälte.

Begraben, so heißt die Geschichte im Dorf, liegt Jack im Erdreich, unter seinen hölzernen Riesen, die ihn sein Leben lang begleitet hatten. Am Platz, an dem Heidi auf ihn gewartet hatte.

»Das ist Jacks Geschichte«, schloss der Wirt mit sichtlicher Erleichterung.

»Eine unheimliche Geschichte«, sagte die Reisende, »nicht gerade appetitanregend!«

Die Wirtin brachte einen üppig beladenen Teller mit Bratenfleisch.

»Nun, das Ganze ist jetzt Jahre her!«, sagte der Wirt zur Beruhigung seines Gastes, denn er wollte ihr das Essen nicht verderben.

»Auf den Tag sieben Jahre!« ergänzte die Wirtin patzig und ließ ihren Blick von der Reisenden nicht los, die ihren Braten unfachmännisch zerteilte.

»Das ist doch nur eine Geschichte und das meiste daran erfunden. Ich weiß wirklich nicht, was ich mit diesem Jack zu tun haben soll, außer, dass ich mit einem verheiratet bin und so aussehe, wie diese Heidi oder wie sie heißt!«

Während der Mahlzeit steigt ein junges Liebespaar den Hang hinauf. Den jungen, kräftigen Mann zieht es zum Holzstadl, um ungestört sein Mädchen zu küssen. Doch es sträubt sich. »Nein, es ist mir unheimlich!«, entgegnet es störrisch.

Der junge Mann geht unverdrossen ans Werk. Er legt die hellblaue Handtasche der Geliebten auf die gestapelten Hölzstämme. Die Frühlingssonne brennt auf den Schnee. Der Liebhaber küsst die Geliebte stürmisch. Beide stehen auf matschigem sonnenerwärmten Erdreich. Zwei Äste, auf die sie unbedacht im Liebesspiel treten, heben zwei kugelförmige Objekte aus der Erde, die, unbemerkt von den Liebenden, einträchtig, Seite an Seite, ins Tal rollen.

Unten im *Dorfkrug* hören der Wirt, die Wirtin und die fremde Frau, wie mit hohem Tempo etwas Unbekanntes vom Berg heran poltert. Dann dumpf einmal, dann zweimal gegen die hölzerne Verschalung des Gasthauses schlägt. Erschreckt eilen Wirt, Wirtin und der Gast nach draußen und sehen zwei vom langen Rollen zu Kugeln verwandelte Objekte.

»Sie sehen aus«, sagt die Fremde, »wie zwei einander sich ähnelnde Menschenköpfe, die der Berg frei gegeben hat.«

Christian Bedor

Die Fliege

Ich bin eine Fliege. Eine schwarze Fliege. Ich gehöre zu der Familie der Stubenfliegen, auf Lateinisch: *musca domestica*. Und ich kann fliegen. Ich heiße Name. Deswegen klingt es befremdlich, wenn ich sage: Mein Name ist *Name*. Manche Menschen denken, ich hätte einen Sprechfehler. Und einen Denkfehler. Oder Schreibfehler, bei Behörden.

Aber nein. Meine Name ist *Name. Felix Name. Name*, wie man Name spricht und liest:

N – a – m – e. Also hier ist nichts getürkt, an diesem Namen.

Und ich spreche meinen Namen aus wie *James Bond* seinen Namen ausspricht. *Bond* sagt immer: »Mein Name ist *Bond*«, – kurze Pause – *James Bond*.«

Und so sage ich: »Mein Name ist *Name*«, – kurze Pause – »*Felix Name*«. Natürlich lasse ich den Zusatz »kurze Pause« später weg. Das schreibe ich nur hier im Text dazu, damit Sie wissen, dass ich da immer eine kurze Pause mache.

Ich bin eine schwarze Stubenfliege – das sagte ich ja eingangs bereits – Sie erinnern sich, nicht wahr? Ich bin demnach nicht goldfarben, nicht gelb-grün gestreift, etwa. Gelb-grün gestreift, werden Sie vielleicht jetzt denken?! Solche Zebrafliegen gibt es doch gar nicht. Die klassische, europäische Stubenfliege ist schwarz. Einfach nur schwarz.

»Das denken Sie!«, würde ich Ihnen dann entgegen-
schleudern, denn die Genentwicklung hat heutzutage
schon gelb-grüne Stubenfliegen hervorgebracht. In
den Labors. Den Genlabors. Woher ich das weiß? Na,
durchs Fernsehen und durchs Internet. Da gibt es Vi-
deoclips und Fotos. Es ist durchaus denkbar, dass solche Fliegen bald freigelassen werden. Noch in diesem
Jahr 2005.

Und die sollen dann auch länger leben als wir
schwarzen Stubenfliegen. Wir leben nämlich drei bis
sechs Wochen. Naja, einige können manchmal über-
wintern, aber dieses Glück ist nur wenigen beschie-
den. Zu dieser Information gelangte ich, als ein Be-
nutzer in einem Internet-Café bei *Google* eintippte:
»Stubenfliege plus Lebenszeit«.

Ich lebe in Frankfurt am Main. Und wenn jemand zu
mir sagt, ich sei ausschließlich eine Stubenfliege, namens *Name*, sage ich ihm, ich bin darüber hinaus eine
Bürofliege, denn kurz, nachdem ich im Nordend ge-
boren worden war, flog ich höher als die Satteldächer
sind und entdeckte im Zentrum die Bürotürme, die
mich gleich faszinierten und die ich einige Stunden
später anfliegen sollte.

Die Bezeichnung Stubenfliege ist folglich für mich
und mancher meiner Artgenossinnen und Artgenossen
überholt. Sie stammt aus alten Zeiten. Aus Zeiten, als
der Mensch keine Büros hatte, sondern nur in Höhlen
lebte, die Tierjagd, das Sammeln von Pilzen und später die Landwirtschaft kannte.

Als es mehr landwirtschaftlich genutzten Boden
gab, sind meine Vorfahren vornehmlich um Rinder
und Pferde gekreist. Natürlich auch um Menschen. Da

gibt es immer was zu fressen und es gibt Möglichkeiten, dass Fliegenweibchen ihre Eier ablegen. In Fleischstücken zum Beispiel. Oder in Kothaufen. Gut, meine aktuelle Verwandtschaft tut das auch heute noch, sonst würde ich nicht lebensfroh herumfliegen. Aber nur die Verwandtschaft, die auf dem Land lebt. Eine Großstadtfliege wie ich liebt das Fliegen durch Bürotürme. Am liebsten sind mir Banken, die Kantinen mit vorzüglichem Essen haben. Wir Männerfliegen kundschaften die Örtlichkeiten gerne aus, fressen dort und unsere Weibchen legen die Eier in Kantinengerichte oder Abfälle. Nach meinem Mahl fliege ich gut gestärkt in den Büros umher.

Und an Klimaanlagen habe ich mich bereits gewöhnt. Ich darf nur nicht zu dicht an die Abdeckung der Schächte kommen. Vor allem nicht in Großbanken. Da ist der Sog oft zu stark. Gerade dann, wenn Menschen die Aggregate auf Volllast gestellt haben. Nun, jetzt, da ich erwachsen bin, im Alter von zehn Tagen, habe ich die existenzielle Erfahrung gemacht, den Schächten auszuweichen. Aber damals, zu Kinderzeiten, klebte ich manches Mal an Sieben und konnte erst spät am Abend wieder davon loskommen, wenn der Sog nachließ. Ab dieser Zeit werden die Hochhaustürme nicht mehr so stark klimatisiert.

Ist ja auch klar, denn es fehlt ein Gros der arbeitenden Menschen.

Da mein Fliegenleben kurz ist, wie ich durchs Internet weiß, lege ich die Strecke Nordend-Bankenzentrum jede Stunde zurück, um möglichst viel für meinen Flügelapparat zu tun. Das ist in meinem Alter in punkto Fitness aber auch schon ausreichend. Nachts fliege ich grundsätzlich nicht. Die Stadtbeleuchtung schadet meinen Facettenaugen. Ein Degenerationseffekt bei Cityfliegen ab dem dritten Lebenstag. Morgen habe ich ja schon elf Tage auf dem Buckel. Allerdings möchte ich in meiner zweiten Lebenshälfte nicht mehr oft in den Büros sein, da wird es für mich zu monoton und nervtötend: Denn immer häufiger begegnet mir das Thema Mobbing, wenn ich unter der Decke entlang laufe.

Es wird gemobbt von oben nach unten. Von unten nach oben. Von rechts nach links. Von links nach rechts. Von Jung nach Alt. Von Alt nach Jung. Es mobben sich Heteromänner – und Heterofrauen. Es mobben sich Homomänner – und Homofrauen. Es mobben sich Bisexuelle.

Kinderbesitzer mobben gegen Kinderlose. Kinderlose mobben gegen Kindereigentümer. Es mobben sich Mountainbikelose und Mountainbikeinhaber. Zudem mobben Mountainbikeinhaber gegen Mountainbikelose. Mobbing zwischen Gottlosen und Gottgläubigen, zwischen Teufelsgläubigen und Gottanhängern.

Was machen die Menschen nur mit ihrer Menschenwelt? Ich bin froh, dass ich ein Insekt bin!

In den Stunden, an denen ich nicht ins Zentrum fliege, betreue ich meine Behausung. Sie ist zylindrisch, fünf Zentimeter lang und drei Zentimeter im Durchmesser. Es ist eine Filmdose aus Kunststoff, die gut versteckt, trocken und windgeschützt unter einem Balkonvorsprung einer Parterre-Wohnung liegt. Jemand muss sie achtlos oder gar vorsätzlich dort hingeworfen haben. Oder ein Hund hat sie da hingeschleppt und leichtfertig fallen gelassen. Der Hund hätte allerdings über einen Zaun springen müssen. Oder er wäre über einen anderen Weg bis unter den Balkon gelangt. Zum Beispiel an den Müll-Containern vorbei, die sich an einem Gründstückseck der Liegenschaft befinden, auf dem zwei dieser fünfgeschossigen Häuser stehen. Da gibt es einen schmalen Pfad, den Menschen benutzen, wenn sie ihren Abfall einwerfen. Vielleicht fiel die Filmdose einst neben die Mülltonnen, ein Hund nahm sie Tage später und schleppte sie dann unter den Balkon.

Das kann so gewesen sein. Kann, muss aber nicht.

Jedenfalls fällt das Tor, das man zu den zwei Hauseingängen passieren muss, mit Hilfe eines Automaten ins Schloss. Für Hunde nicht so zu *handlen*, dass sie allein hindurchkommen.

Die transparent-weiße Dose ist ein bisschen ‚verbeult'. Diese Beulen könnten von Hundezähnen stammen. Und bei viel Phantasie, rieche ich gelegentlich Hund. Aber was soll denn ein Hund mit einer leeren Filmdose?

Hunde mögen Knochen, Fleisch, Kautschukspielzeug und Trockenfutter in ihren Näpfen. Aber leere Filmdosen?

Ich bin dankbar, dass der Hund die Dose nicht komplett zerkaute – sofern ein Hund – na, Sie wissen schon. Und ich bin froh, dass mein Heim transparentweiß ist. Selbst dann, wenn die Sonne sich hinter Wolken befindet, fällt Licht in meine Wohnung. Ich habe praktisch ein Domizil mit Rundumverglasung. Und wenn die Nacht hereinbricht, ich zeitgleich Zuhause in meinem ergonomisch geformten Fliegensessel einen spannenden Krimi lese, merke ich, dass es bald Zeit zum Schlafen ist.

Als moderne Fliege betreibe ich selbstverständlich Z-S-Z-F-L-Management. Zeit-, Selbst-, Ziel-, Flug- und Lebensmanagement. Das ist heutzutage absolut *in* unter modernen Insekten. Ach, was sage ich, *in*: Wer kein Z-S-Z-F-L betreibt, ist *out*. Der kann gleich einpacken. Seit ich dieses Management umsetze, habe ich – neben meinen Flügen ins Bankenzentrum – kaum Zeit für Mußestunden. Obwohl ich alles genau plane. Auch die Mußestunden.

Dank Z-S-Z-F-L.

Neulich rief mich eine alte Bekannte an. Naja, wir hatten früher mal was miteinander. Im Fliegen – das war geil! Also, sie ist mehr als eine Bekannte. Jedenfalls rief mich Nathalie über das Fliegen-Handy an und teilte mir mit, Z-S-Z-F-L sei gut, aber besser wäre es, auch noch, Messiemanagement zu machen.

Die neue Abkürzung lautet dann für mich Z-S-Z-F-L-M. Aufgelöst heißt das: Zeit-, Selbst-, Ziel-, Flug-, Lebens- und Messiemanagement.

Man sei heutzutage erst dann anerkannt, vor allem in der Fliegenwelt, wenn man Z-S-Z-F-L-M betreibe.

Bitte schön, nicht nur darüber reden, sondern es praktisch und sekündlich umsetzen. Denn mir sind viele schwarze Fliegen in Frankfurt begegnet, die wie wild die Abkürzung Z-S-Z-F-L-M auf ihrem Tupfrüssel tragen, aber überhaupt keine Ahnung haben, was praktisch dahintersteckt.

Wissen Sie, was ich meine? Mancher Mensch kauft sich heutzutage ein hochmodernes Notebook, nur um es zu besitzen und damit anzugeben. Aber arbeiten kann er damit nur wenig. Er beherrscht gerade mal *Word*. Kann ein paar E-Mails verschicken. Aber bei Grafikprogrammen und guter Logoerstellung hört es schon auf. Elektronische Anwenderanalphabeten haben wir hier in dem Land.

Und Schwätzer. Jeder will mitreden. Da muss man aufpassen. Und ich als Stubenfliege *Felix Name*, die sich in Büros super auskennt, kann mitreden.

Nun, jetzt bin ich ein bisschen vom Thema weggeflogen. Macht ja nichts. Als gute schwarze Stubenfliege – lateinisch *musca domestica* –, fliege ich sie, verehrte Leserinnen und Leser, wieder zurück zum Thema: Z-S-Z-F-L-M. Zeit-, Selbst-, Ziel-, Flug-, Lebens- und Messiemanagement.

In den nächsten Stunden ziehe ich mich verstärkt in meine Wohnung, die milchige Filmdose, zurück und werde das Messiemanagement intensiv studieren. Es nach und nach umsetzen, auf mein Leben anwenden. Denn auch wir Insekten müssen permanent bestrebt sein, unser gesamtes Leben zu optimieren. Einen Schritt nach dem anderen.

Wie ich eingangs bereits erwähnte, lebe ich nach wissenschaftlichen Erkenntnissen drei bis sechs Wochen lang, wenn ich nicht vorher von einem Vogel, einem Hund oder einem Fisch gefressen werde. Wenn ich nicht in einem Teeglas ertrinke, an der Scheibe eines fahrenden Autos sterbe oder von einem heißen Glaskolben gegrillt werde, weil ich unvorsichtig war und der Lampe zu nahe kam.

Aus diesen Gründen ist ein optimiertes Z-S-Z-F-L-M für mein Fliegenleben unabdingbar.

Denken Sie bitte daran, verehrte Leserinnen und Leser: Wenn Sie heute noch eine vitale, schwarze Stubenfliege sehen – fliegend, sitzend, fressend, aufräumend, denkend – könnte ich das sein. Und lassen Sie mich dann bitte leben!

Michael Liebusch

Die irren Kellnerinnen

Es war einmal ein Gastwirt, der hatte ausnahmslos närrische Bedienungen. Sie veralberten die Gäste und sangen ausschweifende Lieder, statt ordentlich die Bestellungen aufzunehmen. Auch machten sie seltsame akrobatische Einlagen, ja Kunststücke im Gastraum.

Diese Vorführungen nahmen überhand. Sie zogen freilich genauso viele Gäste an, wie sie abschreckten. Denn es ist nicht jedermanns Sache, den Kaffee mit einem am Tisch vorgetragenen Witz zu trinken. Oder den Würfelzucker, aus dem Büstenhalter der Bedienung geholt, in die Tasse geworfen zu bekommen. Das erhöhte die Gefahr von Zuckerkrankheit unter den älteren Gästen stark.

Der Wirt hatte eine Idee, um dem Treiben Einhalt zu gebieten und behalf sich: Jede Bedienung durfte einmal im Jahr an ihrem Geburtstag im Gastraum Kunststücke machen, soviele sie wollten. Mit den Gästen, mit dem Wirt, mit der Einrichtung.

Bei zwölf Bedienungen gab es im Schnitt ein Mal im Monat eine Vorführung.

Das sprach sich schnell herum. Von weitem kamen die Gäste und erwarteten ein großes Schauspiel. Doch an diesen Tagen fiel den närrischen Kellnerinnen rein gar nichts ein.

Es waren die traurigsten Tage seit je.

Schnell wurde es das freudloseste Lokal. Als der Wirt sich die alten wilden Zeiten zurück wünschte und die Kellnerinnen darum anhielt, wieder die zu sein, die sie einmal waren, war das Närrische verflogen. Und das Lokal musste schließen.

Michael Liebusch

FC Sokrates 010

Es war einmal ein Fußballtrainer, der einen ländlichen Verein trainierte, der *FC Sokrates 010* genannt wurde. Es war ein erfolgloser Verein. Er stand immer auf dem letzten Tabellenplatz der untersten Liga.

Die Spieler waren ausnahmslos gescheite Leute, gebildet und große Theoretiker. Wäre die Liga auf dem Papier ausgespielt worden, mit Bleistift, Zirkeln und an der Tafel, so wären die vom *FC Sokrates 010* gewiss Meister geworden. Doch die Praxis verlangte stramme Waden, Ausdauer und Leidensfähigkeit, »mal richtig hinzugehen«. Der Trainer kam nicht von einer Sportschule, sondern aus einem philosophischen Seminar.

Wenn sie wieder einmal mit einer Niederlage vom Platz gingen, die Sieger die Hände jubelnd zum Himmel streckten, sich in den Armen lagen und vor Siegeslust brüllten, ließen die Männer vom *FC Sokrates 010* keineswegs die Köpfe hängen.

Sie räsonierten noch auf dem Platz über die theoretischen Ansätze jedes einzelnen Spielers, ob diese eine Letztendlichkeit beinhaltet hatten und beglückwünschten sich dann gegenseitig. Das war ein Händeschütteln! 110 einhändige Händeschüttelungen, dazu die Ersatzspieler auf der Bank, die ihrer Meinung nach durch ihr Nicht-Spielen aktiv mitgewirkt hatten.

Auch die Hände von den Trainern, Masseuren, Ärzten und den Schiedsrichtern wurden geschüttelt, was sehr zweideutig aussah. Hinzu kamen natürlich auch die der Gegenspieler, denen sie für ihre Gegnerschaft besonders dankbar waren. Meist hatten diese sich aber schon, gewarnt von voran gegangenen Spielen, der eigentümlichen Prozedur durch die Flucht in die Umkleidekabine entzogen.

Eines Tages feierte ihr wichtigster Spieler, ein griechischer Spieler namens Sokrates, Hochzeit. Nach ihm wurde der Verein benannt. Die Beifügung *010* bezeichnete das Durchschnittsergebnis vom *FC Sokrates 010*, nämlich 0:10.

Wie es so gute Sitte ist, genoss der Noch-Junggeselle die letzten Stunden Freiheit im Beisein seiner Freunde, die ja die Fußballspieler waren. Nach langen Diskussionen über den Begriff der Freiheit und der Selbstbestimmung gerieten die Freunde in eine gemeinsame Krise, denn auf einmal glaubten alle Spieler, sie würden durch die Heirat in ihrer Freiheit begrenzt werden und verlangten für die letzten freien Augenblicke nach reichlich Alkohol.

Das Ja-Wort wurde wie verabredet am anderen Morgen gegeben. Schon am Nachmittag fand das nächste Punktspiel statt. Durch die elfköpfigen Kopfschmerzen vergaßen die Spieler vom *FC Sokrates 010* das Räsonieren und gewannen zur Überraschung aller Anwesenden das Spiel mit 1:0. Sie wussten gar nicht, was nach dem Sieg zu tun war. Arme hoch reißen? Männer küssen? Wie konnte das nur geschehen?

Christian Bedor ist Buch-Autor, Postkarten-Künstler und Müllzeit-Los-Croupier. Bekannt wurde er durch seine Entertainment-Tombola *Müll-Zeit-Lose*. Unzählige Menschen zogen in den vergangenen Jahren an seiner roten Bauchladenmülltonne Lose und gewannen seine Kunstprodukte. Zudem schreibt Bedor Kurzgeschichten (unter anderem zu hören: Frankfurter Literatur-Telefon, Februar 2006). Auf diversen Video-Portalen im Internet lassen sich ferner seine satirischen Klipse *Personalberatung Team Verreckt – Arbeitskabarett* finden.

Von Christian Bedor sind außerdem erschienen:

Beichtgang – Fiktive Autobiografie eines katholischen Hauptlehrersohns [Buch, Hörbuch-CD]
Kreatives Marketing für Künstler

Michael Liebusch ist Gründer des „Kunstraum Liebusch", der gleichnamigen Internetplattform für aktuelle Kunst, temporärer Veranstaltungsort von Ausstellungen und Lesungen. Der Autor las im Raum Frankfurt, unter anderem in der Stadtbücherei, während des Museumsuferfestes, in der Zimmergalerie Schneider und war im Frankfurter Literaturtelefon zu hören. Liebusch schreibt vor allem Kurzgeschichten. Das „Hub"-Projekt, in dem es um eine naive und zugleich wundersame Figur geht, die einsam auf einer kleinen Insel aufwuchs und in unserer Welt staunend und helfend auftritt, fand in Zusammenarbeit mit der Zeichnerin Edith Kaiser großes Interesse.

Von Michael Liebusch sind außerdem erschienen:

Hub und seine wundersamen Erlebnisse in der
neuen Welt, mit Illustrationen von Edith Kaiser
[Buch, Hörbuch-CD, 1. Teil, gesprochen von
Johannes Farr]
Der dünne Hub, 2. Teil, mit Illustrationen von
Edith Kaiser

Stimmenarchiv: frankfurt.de > literaturtelefon